Multimillonario y Soltero

LA OBSESIÓN DEL MULTIMILLONARIO
Zeke

J. S. SCOTT

Multimillonario y Soltero ~ Zeke

Copyright © 2020 J. S. Scott

Este libro fue publicado originalmente bajo el título *Temporary Groom* como parte de la serie ahora suspendida *Left at The Altar*. Se ha reescrito completamente con capítulos y material añadido, bajo el nuevo título de *Multimillonario y Soltero* como parte de la serie *La Obsesión del Multimillonario*.

Traducción: Marta Molina Rodríguez
Fotografía de cubierta: Wander Aguiar Photography

ISBN: 979-8-718939-10-1 (edición impresa)
ISBN: 978-1-951102-53-1 (libro electrónico)

Índice

Prólogo

Lia

Hace siete años...

Te quiero.

Las palabras se me cayeron de la boca. No me había parado a pensarlas ni me preocupaba cómo pudiera interpretar la afirmación mi mejor amigo, Zeke Conner. En aquel estado de embriaguez, bastante borracha, ya no me importaba lo que ocurriera por la mañana. O al día siguiente. Estaba en una especie de dulce realidad en la que debía vivir el momento y lo único importante era por fin comunicarle a Zeke Conner qué sentía exactamente.

No tenía ni idea de por qué de pronto era de suma importancia informar a Zeke de que no solo era mi mejor amigo, sino el sujeto de todas y cada una de las fantasías y sueños eróticos que había tenido durante los últimos años. Me había guardado perfectamente esos secretos lujuriosos para mí antes de ir de bares con Zeke aquella noche y probar todos los cócteles del manual del camarero.

¿Era tan importante porque nunca le habría dicho aquellas palabras de no haber estado como una cuba y quería ponerlas sobre la mesa antes de volver a estar sobria?

«Sí, probablemente».

Sobria, estaba casi segura de que el miedo a perder a Zeke como amigo me haría guardar silencio. Seguiría fingiendo que no quería acostarme con el chico que había sido mi mejor amigo y confidente desde que apenas tenía catorce años.

«Pero ya no soy aquella niña ferviente que al principio admiraba a Zeke como si fuera una especie de hermano mayor protector».

Era mi veintiún cumpleaños, maldita sea. Aunque probablemente Zeke siempre sería mi héroe, se había vuelto absolutamente imposible no verlo como el chico más atractivo del planeta.

—Yo también te quiero, mi adorable borrachita, amiga —respondió Zeke con benevolencia mientras me cargaba hasta mi cama.

Lo observé mientras me quitaba pacientemente los estúpidos zapatos de tacón que, de entrada, me impedían caminar por mi propio pie. Tal vez, llevar esos zapatos de mujer fatal había sido un gran error. Yo era más bien la clase de chica que llevaba zapatillas cómodas, así que tenía poca práctica pavoneándome con tacones altos. Creo que al principio de la velada aguanté bien, pero en algún momento de mi tercera copa… ¿o fue la cuarta…? empecé a tambalearme un poco.

—¿Mejor? —preguntó cuando el segundo zapato golpeó el suelo y él empezó a masajearme los puentes de los pies.

Se me escapó un gemido de placer mientras sus dedos fuertes se hincaban en los músculos doloridos durante varios minutos antes de que finalmente me metiera en la cama y me tapara con la sábana y la colcha.

—¿Zeke? ¿Me has oído decir que te quiero?

—Sí —reconoció sentándose sobre la cama—. Y yo te he dicho que yo también te quiero, gominola. ¿Lo echabas en falta?

Yo hice una mueca mientras él me sonreía desde arriba, dejando claro que solo me seguía la corriente. «De acuerdo, tal vez solo necesito intentarlo de nuevo para que entienda realmente a qué me refiero».

—Quiero tener sexo contigo —confesé arrastrando un poco las palabras, pero ahora debería entender qué quería decir, ¿verdad? No se podía ser más clara.

Su sonrisa se ensanchó.

—Todo el mundo quiere tener sexo cuando está borracho, Lia. Y, sinceramente, a veces no somos muy selectivos sobre cómo o con quién lo hacemos cuando estamos completamente bebidos.

Lo miré con el ceño fruncido. Ahí estaba yo, sincerándome con él, y él no me tomaba en serio. En absoluto. A juzgar por la sonrisa vacilona en su rostro, no se creía ni media palabra de lo que había dicho. Suspiré y le lancé una mirada disgustada. «De acuerdo, puede que tenga un buen motivo para dudar de las palabras de una borracha», pensé. Me crucé de brazos, recibiendo la atractiva mirada de ojos azules de Zeke con mi obstinado rostro de determinación.

—No quiero acostarme contigo solo porque estoy borracha —le informé—. Puede que seas mi mejor amigo, pero tendría que estar ciega para no darme cuenta de lo increíblemente guapo que eres. No quiero tener sexo con cualquiera simplemente porque estoy borracha. Solo quiero tener sexo contigo.

Una pequeña sonrisa permaneció en sus labios sensuales cuando se inclinó hacia abajo y me besó la frente.

—Me alegro mucho de ser yo quien está contigo ahora mismo, gominola —musitó contra mi piel—. Cualquier otro tipo ya te tendría desnuda y tendida de espaldas a estas alturas.

Agarré la parte delantera de su camisa con una mano antes de que le diera tiempo a apartarse y utilicé la otra para hincarle el dedo índice en el pecho, exasperada.

—¿Puedes dejar de llamarme por ese apodo estúpido y de tratarme como a una niña que no tiene ni idea de lo que quiere? —Resoplé indignada.

Zeke me llamaba *gominola* desde que yo tenía catorce años y él descubrió que me enloquecían las gominolas de casi todos los sabores. «Está bien, puede que aún me vuelvan loca esas tontas gominolas *gourmet* y que asocie un sabor a casi toda emoción y ocasión, pero he superado ese apodo ridículo», me dije. Vi cómo cambiaba su expresión, su cara tan cerca de la mía que sentí su aliento cálido cuando soltó un suspiro viril.

—No me había dado cuenta de que el apodo te hacía daño, Lia —dijo con voz ronca—. Nunca fue más que un apodo cariñoso.

El corazón me dio una voltereta en el pecho cuando su mirada tierna y contemplativa me recorrió de arriba abajo. Tenía una relación de amor-odio con esa mirada en concreto. Me encantaba siempre haberle importado lo suficiente a Zeke como para que interpretara mis emociones. Y odiaba esa mirada evaluadora porque nunca había visto en ella nada más que la preocupación propia de la amistad. Exasperada y arrepentida de haberle espetado eso, solté su camisa y dejé que se apartara.

—Nunca me has hecho daño, Zeke, y a veces me gusta que me llames *gominola* porque sé que es… cariñoso —confesé—. Supongo que solo estoy molesta porque estoy intentando decirte algo de corazón y tú estás tratándome como si no tuviera ni idea de lo que digo.

Me estremecí cuando estiró un brazo y me apartó un caprichoso mechón rubio de los ojos, mientras sus dedos me acariciaban la mejilla al hacer el gesto amoroso.

—Lia, no estás pensando con claridad. Sabes que respeto totalmente cualquier cosa que digas, pero también soy el que esta noche te ha visto beber casi tantas copas como un universitario de fraternidad. Así que, sí, puede que no te esté tomando en serio ahora mismo porque he estado tan borracho como tú y, cuando lo estaba, nada de lo que decía tenía sentido. Me sorprendería que recuerdes algo de esto mañana.

Yo puse los ojos en blanco como una adolescente mohína y me dejé caer de espaldas sobre la almohada. Le lancé a Zeke una mirada asesina que lo habría matado si las dagas procedentes de mis ojos fueran armas de verdad. Por desgracia, Zeke ni siquiera parpadeó ante mi mirada furiosa.

—¿He mencionado lo adorable que te pones cuando vas borrachilla y te enfadas?

Yo no respondí.

❦ ❧ ❦

—Anda, Lia —dijo en tono zalamero—. Sabes que me deshago cuando te enfadas conmigo. Dale un respiro a este chico. Te llevé cuando te tropezabas con los tacones, ¿verdad? Nunca me importaría llevarte si no pudieras andar, pero al menos me podías dar un par de puntitos.

Aparté la mirada de su rostro porque sabía lo que se acercaba. Nosotros dos rara vez teníamos desavenencias, pero en las escasas ocasiones en que así era, Zeke me atosigaba sin descanso hasta encontrar la manera de volver a hacerme reír. Nunca tardaba demasiado en completar la misión. Un vistazo a la mirada de corderito degollado que siempre usaba para hacer que me ablandara solía funcionar.

«Vaya, esos ojos suyos tan *sexys* hablan a voces sin que él diga ni una sola palabra». Cuando esos ojos azul cielo ligeramente suplicantes captaban mi mirada y se clavaban fijamente, siempre me desplomaba como un edificio alcanzado por una gran cantidad de dinamita.

«Esta vez, no», pensé con firmeza. Dejé los ojos clavados en la pared de mi dormitorio, obstinada. No tenía ganas de reírme en ese momento. Él se puso en pie.

—De acuerdo, ¿puede que necesites un poco más de tiempo? —preguntó dubitativo antes de empezar a acercarse a la puerta del dormitorio.

—¿Dónde vas? —exclamé enojada a su figura que retrocedía antes de volver a dejarme caer sobre la almohada.

—Volveré —respondió.

Intenté decidir si la cama empezaba a dar vueltas o si solo se trataba de mi imaginación mientras lo escuchaba rebuscando en la cocina. Tampoco era muy difícil escuchar todos sus movimientos. Mi apartamento nuevo era diminuto, pero me encantaba. Acababa de mudarme de casa de mi abuela hacía unas semanas porque me ascendieron a gerente de la cafetería donde trabajaba.

Algún día, deseaba desesperadamente abrir mi propia cafetería; mientras tanto, estaba aprendiendo todo lo que podía sobre el negocio de todo lo relacionado con el café. Cuando llegara la hora de abrir mi propio local, estaría preparada, y pensaba ofrecerles a los clientes un paraíso del café que los hiciera volver por más una y otra vez.

Suspiré cuando Zeke volvió a la habitación con paso tranquilo. No era fácil tener un mejor amigo con su aspecto. Especialmente, no cuando quería ser mucho más que su amiga. «¿Cómo no voy a querer? Está tan bueno que solo mirarlo ya es una tortura», pensé. Su pelo espeso y arenoso era lo bastante caprichoso como para resultar atractivo en lugar de verse rebelde. Todavía me costaba decidir si el cabello de Zeke era castaño claro o rubio. Lo cierto es que era ambos, y los diversos tonos y reflejos se entrelazaban de manera tan natural que no podía clasificarse como uno u otro. Añadámosle a eso unos ojos azules llenos de sentimiento que pasaban constantemente del añil al turquesa. Y, la guinda del pastel, una mandíbula fuerte y una estructura ósea magnífica. Ese era Zeke Conner.

En serio, con una cara como la suya, ¿era justo que además hubiera sido bendecido con un cuerpo digno de que a una se le hiciera la boca agua? Era alto, de espalda ancha y estaba increíblemente en forma. No era musculoso como un culturista. Sabía que no le gustaba levantar pesas, pero Zeke era muy musculoso porque había muy pocas actividades físicas que no disfrutase y en las que no destacara cuando las hacía.

Sinceramente, dejando a un lado el hecho de que Zeke había ganado la lotería genética, una de sus cualidades más adorables era que era buen tipo en todo. Al contrario que otros chicos guapísimos que había conocido, Zeke no se centraba en su aspecto físico ni actuaba como si se percatase de que muchas mujeres se volvían a mirarlo dondequiera que fuéramos juntos. Era ese chico que haría todo lo que estuviera en su mano para ayudar a un amigo o a un perfecto extraño. La clase de hombre que cualquiera sería afortunado de llamar amigo.

«Alguien a quien siempre he tenido la suerte de llamar mi mejor amigo».

Había muy pocas cosas de las que no pudiera hablar con Zeke. Me animaba cuando estaba decaída, se reía conmigo cuando yo era feliz y me apoyaba cuando necesitaba a alguien ahí. Tal vez la única cosa en la que no había sido franca con él era cómo habían cambiado mis sentimientos por él con el paso de los años.

Corrección: nunca había sido capaz de compartir aquello con él, hasta aquella noche. Lo cual, por lo visto, bien podría no haber sucedido nunca, ya que Zeke no me creyó de todas maneras.

—Sé que probablemente sigues enfadada conmigo, pero bebe un poco y tómate esto —insistió sentándose sobre la cama para entregarme una botella de agua. Dejó unas cuantas botellas más en la mesilla de noche.

Yo tendí una mano temblorosa y él la sujetó para poder encajarme una aspirina en la palma y cerrarme los dedos en torno a ella. Me tomé la pastilla porque Zeke parecía estar esperando a que lo hiciera y di unos tragos de la botella de agua que me había traído. Él señaló la botella con la cabeza con mirada expectante.

—Bebe en cuanto te despiertes. Y mucho. Ayudará a que elimines el alcohol y las toxinas del sistema. Volveré por la mañana con algo de comer, tanto si quieres hablar conmigo como si no —dijo toscamente—. Probablemente termines con una resaca horrible, así que tendrás que llevarte algo al estómago por la mañana.

Yo lo miré parpadeando, intentando contener las lágrimas que de pronto se acumulaban en mis ojos. Obviamente, había decidido dejar de intentar sacarme de mi silencio bromeando, y no me hizo falta una mente completamente funcional para presentir que se sentía dolido.

Zeke y yo siempre habíamos tenido una conexión extraña por la que parecíamos capaces de captar las emociones del otro. No era algo psíquico ni extraño. El vínculo era más instintivo que místico, una unión única entre dos personas que realmente se importaban mutuamente.

Se cayó el alma a los pies y me odié por ser una zorra con la única persona que había estado ahí todas las veces que la necesitaba. El amigo que seguía intentando cuidar de mí aunque había herido sus sentimientos. Tal vez no fuéramos amantes. Es posible que Zeke nunca fuera a desearme como yo lo deseaba a él. Quizás fuera doloroso mirarlo a veces y saber que nunca seríamos nada más que mejores amigos. Pero prefería sufrir un poco de esa mierda a no tener a Zeke en mi vida en absoluto.

—Será mejor que me vaya —dijo Zeke incómodo. frotándose con las manos los muslos envueltos en unos *jeans* antes de ponerse en pie.

—No —dije con voz ahogada mientras apoyaba una mano en su antebrazo—. Ya no estoy enfadada, Zeke. Solo estaba frustrada porque estaba hablando, pero sentí que no me oías.

—Oh, te he oído —dijo con tono de humor paciente—. Pero sé que habla el alcohol, Lia.

—No —respondí. Impulsivamente, me abracé a su cuello—. Te deseo, Zeke. Desde hace mucho tiempo. Solo tenía miedo de decirlo.

Sentí tensarse sus hombros. De pronto estábamos cara a cara, tan cerca que solo tenía que cruzar la distancia mínima que nos separaba y por fin tendría su boca sobre la mía. Desear a Zeke se había convertido en un hábito que no podía romper y un sueño que no conseguía dejar de ansiar. Sus ojos azules se tornaron tormentosos y turbulentos cuando me miró fijamente.

—No va a pasar, Lia. Quería llevarte de bares para poder cuidar de ti en tu cumpleaños. Yo no quiero esto, y tú, tampoco. Estar borracho hace que todo parezca diferente. No sentirás lo mismo por la mañana. Confía en mí. Prefiero que te enfades conmigo ahora a que me odies durante el resto de tu vida por aprovecharme de ti a sabiendas de que estabas bebida.

Cerré los ojos cuando él se inclinó hacia delante y me besó la frente amistosamente, como siempre. La decepción inundó todo mi ser. Se equivocaba. Mis sentimientos no habrían cambiado por la mañana. Aprendería a ocultar mis emociones de nuevo con respecto a Zeke, pero esos sentimientos siempre estarían ahí. Solo esperaba poder enterrarlos tan hondo cuando estuviera sobria que nunca volvieran a ver la luz del sol. Él apartó mis brazos de sí con delicadeza y se puso en pie mientras farfullaba:

—Tu teléfono está sobre la mesilla. Llámame si me necesitas.

Ya lo necesitaba, pero él se había limitado a apartarme con firmeza y decisión.

—Vale —musité, sintiéndome totalmente abatida. «Déjalo, Lia. No es su culpa si no siente lo mismo. Si lo único que quiere es amistad, solo sé su amiga. Es mejor que perderlo completamente», me dije.

Zeke no dijo ni una palabra más al salir de la habitación. Oí abrirse y cerrarse la puerta del apartamento unos instantes después. No me cabía duda de que Zeke había cerrado con llave porque tenía una copia y si algo podía decirse de él es que era minucioso en su deseo de asegurarse de que yo siempre estuviera a salvo.

Volví a dejarme caer sobre la almohada y al instante me arrepentí del movimiento brusco porque me dio un mareo del demonio. Mis emociones campaban a sus anchas y, ahora que Zeke se había marchado, ni siquiera intenté reprimirlas. Se me escaparon las lágrimas al darme cuenta de lo mucho que dolía haber sido firmemente rechazada por el chico al que deseaba más que a nadie en el mundo.

«El deseo no es recíproco», me recordé. Solté un sollozo desgarrado, y después otro, liberando todo el dolor y la pena atormentada antes de llorar, literalmente, hasta quedarme dormida.

A la mañana siguiente, Zeke volvió con el desayuno, como había prometido, y yo estaba indudablemente resacosa.

Mis sentimientos por Zeke no habían cambiado, pero me sentía avergonzada de habérselos confesado todos, y aún más abochornada porque él me había hecho saber firmemente que no me veía como nada más que una amiga. Por Dios, me había lanzado descaradamente, obligando al pobre chico a retroceder de puro horror.

Sabía que Zeke creía que no recordaba lo que había sucedido la noche anterior y, como eso aliviaba mi vergüenza, no pensaba corregir la falsa suposición. Zeke y yo éramos amigos. Buenos amigos. Los mejores. Y la línea que yo había cruzado la noche pasada me resultaba horrorosa a la mañana siguiente, cuando el licor ya no me desinhibía.

Aplasté las emociones adolescentes que le había revelado la noche anterior con tanta fuerza que supe que yo jamás volvería a sacar el tema. Me gustase o no, tenía que aceptar que Zeke y yo no estábamos destinados a ser nada más que mejores amigos. Nunca.

Yo tenía la amistad de Zeke y, como él no quería ni pensar en una relación más íntima, nuestra amistad siempre tendría que ser suficiente. No podía decir que no me sentía un poco incómoda después de mi confesión borracha, pero una semana después, se terminaron las vacaciones de la universidad de Zeke y él volvió a Harvard.

Yo me enterré en el trabajo, hiperconcentrada en mis objetivos. Por suerte, el error que había cometido en mi veintiún cumpleaños pronto se convirtió en un recuerdo de mierda en el que no me permitía pensar, y mi amistad con Zeke permaneció fuerte.

Quedar como amigos fue suficiente durante muchos años. Conseguí convencerme con éxito de que mis sentimientos carnales por Zeke solo fueron el producto de un flechazo muy doloroso que desapareció a medida que crecí y maduré.

Me engañé a mí misma con esa explicación perfectamente racional hasta el momento en que, muchos años después, no pude seguir mintiéndome…

Capítulo 1

Zeke

En el presente...

Miré el reloj impaciente por decimosexta vez en los últimos cinco minutos e intenté no odiarme por ceder a ese impulso. Eran exactamente las once y cuarenta y ocho de la mañana, y diez malditos segundos. Habían pasado quince segundos desde la última vez que miré la hora.

Tic. Tac. Tic. Tac.

—¡Joder! —maldije entre dientes mirando con el ceño fruncido las agujas del Rolex que llevaba. «Dios, Conner. Relájate. No es como si el viejo Rolex Submariner de tu padre estuviera haciendo ese sonido». Solté una enorme bocanada que ni siquiera me había percatado de que retenía y apoyé mi mano sobre el muslo, asegurándome que no volvería a comprobar la hora.

Tal vez el atesorado reloj de mi difunto padre no estuviera haciendo ese sonido desalentador, pero el gesto de mirar la hora parecía ser el desencadenante del perturbador sonido en mi mente. Lo había oído ya diecisiete veces, cada vez que miraba compulsivamente para ver cuánto faltaba hasta que…

«¡Mierda!». Me quedaban doce condenados minutos hasta que mi mejor amiga empezase a abrirse camino por el pasillo hacia el altar. La ceremonia podría durar… ¿cuánto? ¿Veinte minutos como mucho? Posiblemente menos, ya que sería una ceremonia de una iglesia comunitaria.

Lia Harper era mi mejor amiga y lo había sido durante hacía ahora unos catorce años. Yo aguantaría los próximos treinta y dos minutos sin hacer nada completamente irracional, ¿verdad? Miré en torno a la iglesia, buscando alguna distracción. Era imposible no percatarse de la poca afluencia por parte de la novia comparada con el lado de la iglesia ocupado por los invitados del novio. Como Lia no tenía parientes cercanos vivos, tenía sentido que los únicos presentes por su parte fueran algunos de sus amigos. Sin embargo, ¿realmente era necesario dividir la bancada entre la novia y del novio? Parecía ridículo que ninguno de los invitados apretujados como sardinas enlatadas al otro lado del pasillo quisieran pasarse al lado de Lia. Por lo visto, los parientes y amigos de Stuart preferían sentarse unos encima de otros a ponerse cómodos en uno de los otros bancos.

Yo no me sorprendí precisamente, ya que el prometido de Lia era un imbécil pretencioso, la verdad. No era de extrañar que la familia y amigos de Stuart fueran exactamente iguales. Simplemente me enojaba, porque a mis ojos, hacer las cosas así parecía un desaire directo hacia Lia, y la novia no podría evitar percatarse de la dispareja disposición de los asientos cuando caminase hacia el altar.

«¡Joder! De haber sabido que Stuart era tan insensible a los sentimientos de Lia, habría encontrado suficientes invitados para llenar los bancos de este lado», pensé furioso.

—Cabrón —gruñí, obligándome a no volver a mirar el reloj e intentando pensar en cualquier otra cosa excepto en el tipo con el que estaba a punto de casarse mi mejor amiga.

«No. ¡No pienses en eso!». Estaba mucho mejor pensando únicamente en Lia y no en el idiota con el que se reuniría en el altar en aproximadamente… ¿once minutos más? «¡No lo hagas, Conner!

No vuelvas a mirar el puñetero reloj. Concéntrate, hombre. Solo piensa en Lia y no en la maldita boda», me insté. Cambié de postura en el asiento, inquieto a más no poder al imaginar la sonrisa de infarto de Lia. Cuando era más joven, esa sonrisa radiante siempre me hacía sentir como si fuera su héroe. De adulto, me afectaba… de otra manera.

«Oh, no, por Dios», pensé exasperado. Era mejor pensar en cómo eran las cosas con Lia cuando éramos más jóvenes, cuando aún la veía como a una niña. Intenté relajarme a medida que mis pensamientos volvían a esa época temprana y mucho más inocente de mi larga amistad con Lia.

Yo estaba en el último curso del instituto y Lia empezaba cuando nos conocimos. Un cabrón había estado intentando sobarla en el pasillo junto a su taquilla en el instituto. Una nariz rota después —la suya, no la mía— le sacó a Lia la primera sonrisa que me dedicó, la que cambió todo mi mundo desde aquel día en adelante.

Inspiré hondo y me obligué a mantener mi mente en el pasado mientras me secaba una gota de sudor de la frente.

Después de dejar a su atacante en el suelo del pasillo apretándose la nariz sangrante, acompañé a Lia de vuelta a casa de su abuela. Éramos como uña y carne desde entonces. Al curso siguiente, yo me fui a Harvard, pero no perdimos el contacto. Hablamos mucho por teléfono y siempre pasábamos todo el tiempo posible juntos durante mis vacaciones de la universidad. Nuestros mundos eran diferentes por aquella época, pero eso nunca pareció importar. Dramas universitarios. Dramas de instituto. Eran bastante parecidos y, después de todo lo que había pasado Lia, era mucho más sabia que la mayoría de sus compañeros de clase.

Exhalé una profunda bocanada, pero perdí la batalla por mantener la mente centrada en el pasado. ¿Cómo no iba a pensar en Lia de adulta? La mayor parte del tiempo que habíamos sido mejores amigos era después de que ella terminara el instituto. Había crecido. Yo había intentado con todas mis fuerzas no percatarme de lo guapa que era cuando se hizo mujer, aunque mi pene rara vez me dejaba olvidarlo.

Y Lia y yo seguimos siendo mejores amigos durante casi una década y media ahora.

Durante años me había sacado a la fuerza cualquier pensamiento lascivo sobre ella, culpando la reacción de mi cuerpo cuando se hizo adulta a unas hormonas masculinas descontroladas. No iba a ser el chico que perdiera a alguien tan importante como Lia solo por no poder controlar mi pene. Demonios, era un veinteañero, estaba en mi plenitud sexual. ¿Por qué no iba a ponérseme dura la verga cada vez que viera a Lia, aunque fuera mi mejor amiga? El problema era que con veintimuchos y ya en la treintena, mi atracción por Lia empeoró en lugar de mejorar.

Probablemente no supe con certeza que mis sentimientos por Lia no iban a cambiar hasta que terminé mi licenciatura en Derecho en Harvard y volví a mudarme a Seattle permanentemente. Por mucho que eligiera vivir en negación. Cuando estuvimos físicamente en el mismo sitio y empezamos a hacerlo todo juntos como hacen los mejores amigos, esa maldita atracción se había transformado en algo que tal vez se acercaba peligrosamente a la obsesión.

Sí, claro que había querido llevar nuestra relación a otro nivel desde hacía años. Por desgracia, no sentía que ella deseara lo mismo. Lia había afirmado sentirse atraída por mí… una vez. Era una lástima que solo tuviera veintiún años y estuviera más borracha que una cuba por aquel entonces. Aún más triste es que ni siquiera recordaba su declaración a la mañana siguiente. Vaya, de haberme dado una sola señal de que se sentía atraída por mí estando en sus cabales, habría aceptado su oferta en un santiamén y la habría desnudado antes de que cambiara de opinión.

Lamentablemente, la señal de que quería algo más que amistad nunca se produjo después de aquella única declaración muy entonada. Ni una sola vez. Nada. Y, sin un ápice de esperanza, ¿qué se suponía que debía hacer un chico? Ella había salido con otros. Yo había salido con otras, esperando con todas mis fuerzas encontrar tarde o temprano a una mujer con la que me sintiera tan bien como con Lia cuando estábamos juntos.

Sí. Bueno. Eso nunca había sucedido. Hubo un tiempo, hacía unos dos años, en que me frustré tanto que finalmente me sentí preparado para arriesgar nuestra amistad por contarle la verdad a Lia. Estaba dispuesto a hacer prácticamente cualquier cosa para convencerla de que teníamos que salir juntos y acostarnos, en lugar de buscar esa conexión en otro sitio. Fue poco después de tomar aquella decisión monumental, pero antes de que pudiera decirle a Lia lo que sentía, cuando ella conoció a Stuart.

Como de costumbre, elegí fatal el momento. Apreté los puños y maldije entre dientes al dejar que esa voz crítica de mi mente me diera una paliza.

«Acéptalo, Conner, ahora es demasiado tarde para hacer nada. Deberías haberle dicho lo que pensabas hace mucho tiempo, pero no lo hiciste. ¿Cuántas oportunidades necesitabas? Lia es adulta y soltera desde hace casi diez años. ¿Y Stuart? ¿Qué demonios? No es como si no pudieras haber luchado por Lia cuando empezaron a salir. Tú sabías que era un capullo y que probablemente no era el chico adecuado para ella desde el principio. ¿Crees que estás incómodo ahora? ¿Cómo te sentirás cuando el imbécil de Stuart sea el marido de Lia? Recuerda que ahora mismo estás en esta maldita situación debido a años de negación y oportunidades perdidas».

—¡Cállate ya! —musité para silenciar mi regañina interior. Así que, ahí estaba yo, en una iglesia, sentado del lado de la novia, deseando, literalmente, que la mujer a la que amaba caminase hacia el altar para casarse con otro. ¿No era un desastre?

—Si es demasiado tarde, ¿qué demonios hago aquí? —me pregunté en voz baja. Una pregunta muy tonta, porque yo ya conocía la respuesta. Estaba allí, sudando la gota gorda, porque no podía faltar a un acontecimiento tan importante para Lia.

Miré a mi alrededor, intentando desesperadamente encontrar algo del estilo de Lia, una señal de que había participado en ese desequilibrado fiasco de boda. Fruncí el ceño, entrecerrando los ojos al percatarme de la abundancia de tulipanes presentes en el altar y en los arreglos de flores que decoraban el pasillo.

—¿Tulipanes? A Lia ni siquiera le gustan los tulipanes. ¿Dónde demonios están las rosas y las margaritas? —me dije en tono áspero, atónito por el hecho de no encontrar ninguna de sus dos flores preferidas. Hasta los colores eran los equivocados. Dorado y morado no habrían sido la preferencia de Lia, desde luego. ¿Había tenido voz y voto en su propia boda?

«¡Hijo de puta!», pensé frustrado. No había absolutamente nada familiar en aquel lugar que marcase el acontecimiento como uno de Lia, así que no conseguí confirmación reiterada que necesitaba para calmarme. Ya me dolía el estómago, así que no tenía ni idea de cómo iba a aguantar viendo Lia decirle sus votos al hombre al que insistía que amaba lo suficiente para casarse con él. Un tipo que no era yo.

Me había topado con Stuart bastantes veces como para saber que era un imbécil pomposo con un fondo fiduciario y sin un ápice de autenticidad en el cuerpo. Desde nuestro primer encuentro teníamos, básicamente, una relación de odio mutuo.

Sí, yo me había dicho que la sensación de que Lia y Stuart no encajaban provenía de mis celos, pero ¿de verdad era así? Yo conocía a Lia tanto como a mí mismo. ¿Y si la falta de respeto hacia Lia que siempre había presentido por parte de Stuart no eran cosas de mi imaginación hiperactiva? Me retorcí inquieto en el incómodo banco. La corbata a juego con mi traje a medida me apretaba, pero no eran prendas que no hubiera llevado antes. Probablemente, no era la corbata lo que me asfixiaba. Era mi arrepentimiento lo que me estaba matando de asfixia. Levanté el brazo y miré el reloj con frenesí.

—¡Mierda! ¡Son las once y cincuenta y ocho! —exclamé tirando de mi pajarita y poniéndome en pie de un salto—. Y de ninguna manera voy a poder callarme para siempre.

Tic. Tac. Tic. Tac.

—Ya puedes dejarte de mierdas —gruñí—. Yo me encargo.

Tal vez fuera lento, pero ahora entendía ese sonido como lo que era exactamente.

Era una advertencia de que escuchara mi instinto de que Lia tenía problemas y de que moviera el trasero porque la ventana de oportunidad para ayudarla se cerraba rápidamente. En mi interior, celos aparte, sabía que casarse con Stuart no haría feliz a Lia.

«¡Mierda!». Su felicidad lo era todo para mí, pero esa no era mi única preocupación. Por alguna razón, también sabía que estaba en peligro. El corazón me latía desbocado por la adrenalina que corría por mis venas, intensificando el presentimiento demencial de que tenía que salvar a Lia.

Noté unos cuantos goterones de sudor en la frente al pasar delante de una de las amigas de Lia para llegar al pasillo.

—Disculpa —farfullé automáticamente, pero sin esperar respuesta.

No me importaba haber elegido el peor momento ni que Lia nunca fuera a verme como un posible interés romántico. Siempre y cuando no se casara con él. Dios, si hacía falta, me echaría al hombro su precioso trasero y la sacaría de allí antes de que cometiera el mayor error de su vida.

Cuando me hube abierto paso de un empujón por la doble puerta que conducía al vestíbulo fuera de la capilla, me detuve en seco al ver a Lia. Nos separaba el resto de los invitados a la boda, pero mi mirada se centró en ella al instante, como si todos los demás ni siquiera existieran.

«¡Joder! ¡Algo va mal!», pensé. Lia estaba llorando, lo que me provocó un doloroso nudo en el estómago. Éramos amigos desde hacía mucho como para considerar siquiera que fueran lágrimas de felicidad. No lo eran. La conocía y su pena fluyó hasta mí en un abrir y cerrar de ojos, como siempre.

Me abrí paso a empujones entre la multitud que la rodeaba hasta que me vio y una oleada de alivio me inundó cuando se lanzó a mis brazos sin demora.

Capítulo 2

Lia

«¡Ay, Dios! ¡Ay, Dios! ¡Ay, Dios! Stuart no está. No va a venir a la ceremonia. ¡Se acabó!».

Seguía en pie en el vestíbulo de la iglesia, los pies como arraigados al suelo mientras veía la figura del hermano de mi prometido alejándose hasta salir del edificio. Yo no había dicho ni media palabra cuando él me contó que Stuart había encontrado a una mujer más adecuada para él y que se retiraba de la boda.

Me temblaba todo el cuerpo y sentí las lágrimas de confusión y alivio cayéndome por las mejillas. Aquella mañana me había despertado con un gran desasosiego en la boca del estómago que había intentado ignorar durante demasiado tiempo, pero no me di cuenta de que no podía casarme hasta que me puse el vestido de novia en el vestidor. Lo que empezó como una corazonada hacía meses se había convertido en un instinto visceral que empezó a gritarme aquella mañana. Para cuando me puse el vestido, había entrado en pánico.

Iba en busca de Stuart para cancelar la boda cuando, en lugar de él, me topé con su hermano. No podía decir que no fue doloroso ser rechazada y que me plantara en el altar. Todos los invitados estaban escuchando cuando el hermano de Stuart me dio la noticia con voz tranquila para después retirarse, con aspecto de sentirse agradecido por haber cumplido un recado muy desagradable.

Oí los murmullos de disculpa de los invitados que me rodeaban, pero no me decidía sobre cómo reaccionar exactamente. Me caían lágrimas por el rostro, pero ¿cómo iba a explicar que la emoción principal de mi torbellino emocional era el alivio? De acuerdo, también había una mezcla de mucha confusión, rabia y tristeza en alguna parte, pero distaba mucho de estar destrozada. ¿Cómo podía respetar a un hombre que había enviado a su hermano a hacer el trabajo sucio en lugar de tener la cortesía de cancelar la boda cara a cara?

Acababa de arrancarme de la cabeza el ridículo y pesado velo que la madre de Stuart insistió en que me pusiera cuando mis ojos se encontraron con una mirada familiar. «Zeke».

Su imponente mirada de ojos azules no dejó de sostener la mía mientras se abría paso como una apisonadora entre toda la gente que murmuraba sus disculpas. Agotada mentalmente y deshecha, salté en brazos de la única persona que siempre había estado ahí para mí, sollozando de perplejidad y alivio sobre su fuerte hombro musculoso mientras sus brazos me rodeaban en gesto protector. Dios, cuánto necesitaba a aquel hombre en ese momento.

—¿Qué ha pasado? —inquirió la amable voz de Zeke cuando mis nervios empezaron a calmarse.

—Stuart va a casarse con otra —dije llorosa—. Su hermano acaba de decírmelo hace unos minutos. «Y a mí me parece fenomenal», terminé para mis adentros.

Cierto, era humillante saber que todos hablarían de cómo Stuart había plantado en el altar a la mujer de segunda con la que pensaba casarse por otra más… adecuada. Pero ese sentimiento ya se estaba desvaneciendo. ¿Realmente me importaba un carajo de qué hablaran los amigos de Stuart? Nunca habían sido mis amigos. Sinceramente, me sentía como si acabara de esquivar una bala. Estaba dividida entre el deseo de darle un puñetazo a Stuart o darle las gracias por encontrar a otra.

—¡Joder! —maldijo Zeke—. Larguémonos de aquí, a menos que quieras quedarte.

Retrocedí y sacudí la cabeza.

—No puedo. Todavía no. Tengo que decírselo a todo el mundo…

—Yo me encargo, Lia. Ve con Zeke. —Noté un roce delicado en el brazo cuando habló la suave voz de mujer.

A todas luces, mi amiga Ruby nos había oído hablando a Zeke y a mí. Yo sacudí la cabeza.

—No puedo irme sin más.

—Sí puedes —insistió ella—. Y lo harás. No tienes que anunciarlo tú misma. Deja que Zeke te saque de aquí y Jett y yo informaremos a todo el mundo.

—Quiere gestionarlo ella, Lia. Déjala —insistió Zeke.

Me mordí el labio un instante antes de decirle a Ruby:

—Por lo visto, Stuart y su madre se encargan del banquete, de devolver los regalos y de todo lo demás que hay que hacer.

Ruby resopló por la nariz.

—Es lo mínimo que puede hacer. No eres tú la que estaba acostándose con otra persona ni la que no se ha molestado en presentarse.

Sentí una dolorosa punzada de culpabilidad. Ruby no tenía ni idea de que no era precisamente una novia plantada y desconsolada. De haberse molestado Stuart en aparecer por allí, habría cancelado la boda yo misma. Simplemente, lo habría hecho de una manera mucho más delicada que como me había plantado mi ahora exprometido. Y no habría sucedido porque yo estuviera levantándome a otro chico.

—Di una palabra y nos largamos de aquí —instó Zeke en tono de urgencia.

—Palabra. —Fue una respuesta automática, ya que Zeke y yo llevábamos usando la misma frase desde que estábamos en el instituto—. Palabra. Palabra. Palabra —añadí para enfatizar—. Sácame de aquí de una vez, Zeke. Por favor.

Necesitaba escapar para recomponerme. Zeke me agarró la mano y tiró de mí hacia el vestidor para que pudiera recoger mis cosas. Unos instantes después habíamos salido de la iglesia y nos acomodábamos en su elegante Range Rover negro.

—¿Dónde vamos? —musitó al encender el motor.

—No importa. Cualquier sitio es mejor que este. —Confiaba plenamente en Zeke, así que estaba dispuesta a ir donde él quisiera, siempre y cuando viera la iglesia en el retrovisor muy pronto.

—A mi casa —decidió—. Los cotillas tendrán muchas menos probabilidades de encontrarte allí.

Era dudoso que a mucha gente le importara lo suficiente mi boda cancelada como para ir en mi busca. Sin embargo, Zeke tenía un ático increíble en un barrio muy bonito y la seguridad en su edificio era mucho mejor que en el mío.

—Vale —accedí en tono ausente—. Suena bien.

Aún no me había hecho a la idea de que la boda por la que había estado estresándome el pasado año no iba a celebrarse.

Observé a Zeke mientras rebuscaba en los bolsillos de la chaqueta del traje en su regazo. Se la había quitado junto con la corbata antes de entrar en el coche, y yo sonreí cuando por fin encontró lo que buscaba. Me lanzó los dos paquetitos al regazo mientras decía lentamente:

—No estaba seguro de si sería un día para pera o piña, así que traje de los dos. Ahora que sé que es un día de mierda, desearía haber traído también de pudin de chocolate.

Yo estuve a punto de empezar a llorar de nuevo. Quizás, mi gusto por los hombres no fuera terriblemente malo. A pesar de lo desagradable que había sido todo el día, estar con Zeke hacía que todo pareciera mucho mejor.

Yo no sabía que seguía abasteciéndose de judías de gominola *gourmet* para mí. Apenas nos habíamos visto en persona fuera de mi cafetería durante el pasado año o dos, y últimamente Zeke pasaba por Indulgent Brews cada vez menos, aunque era mi socio silencioso.

—Gracias —dije con gratitud tomando la bolsita de gominolas de pera para abrirla con una pequeña sonrisa—. Ahora mismo estoy desesperada por cualquier sabor que pille, porque llevo a dieta casi constantemente desde hace un año o dos. Llevo meses con ansiosa por unas judías de gominola.

Zeke jamás se había reído de mi hábito de comer judías de gominola *gourmet*. En todo caso, era mi conspirador y facilitador. Tal vez porque sabía de entrada cómo les había tomado el gusto.

Todo comenzó cuando yo tenía doce años y mi abuela Esther me acogió tras la repentina muerte de mis padres en un accidente. Perder a mis padres a esa edad y mudarme de pronto del Michigan rural a Seattle fueron ambas experiencias traumáticas. Yo no estaba muy unida a mi abuela Esther cuando me mudé con ella, no porque ella y mi padre no hubieran mantenido una relación cercana, sino porque no la veía muy a menudo. Ella siempre había sido la abuela lejana a quien yo quería, pero rara vez veía porque vivía al otro lado del país. Al principio, las dos nos unimos gracias a las judías de gominola. Al final convertimos en un juego vincular un sabor a un tipo de día o emoción particular.

En retrospectiva, entendía que mi abuela usó las chucherías para ayudarme y averiguar cómo me sentía aquellos primeros días. Después solo fue una actividad que no queríamos abandonar porque resultaba entretenida. Por no mencionara el hecho de que había muy pocos sabores de Jelly Belly que no nos encantara comer. Para cuando yo tenía catorce años y Zeke llegó a mi vida, era totalmente adicta a las malditas gominolas.

—¿Por qué? —preguntó Zeke en dos gruñidos, sacándome de mis cavilaciones.

—¿Por qué, qué? —devolví la pregunta mientras lo observaba maniobrar entre el tráfico de Seattle como un profesional porque lo hacía todos los días.

Me metí unas cuantas gominolas más en la boca. Si había una cosa de la que nunca me cansaba, era de observar a Zeke Conner.

—¿Por qué demonios estabas a dieta? Nunca ha habido ningún problema con tu cuerpo, Lia —sonaba confundido.

Yo solté un bufido.

—Dios, te adoro por decir eso, pero tenía que entrar en este maldito vestido que la madre de Stuart llevó el día de su boda y estaba muy delgada cuando se casó. Todavía me parece que se me van a estallar las costuras en cualquier segundo. Mi cuerpo no es tan delicado. Creo que nací para tener un trasero y caderas con curvas, y me cuesta mucho perder peso.

—Porque no tienes nada que perder —replicó Zeke—. Y hay muchos hombres que aprecian tu trasero y tus caderas curvilíneos. ¿No te parece un poco absurdo que tuvieras que amoldarte a un vestido en lugar de encontrar uno que te gustara y que te valiera?

Yo ladeé la cabeza mientras lo estudiaba.

—Dicho así, sí, era un poco enfermizo, pero Stuart estaba resuelto a que tenía que llevar el vestido de su madre y no le gustaban demasiado mi trasero y mi caderas redondos.

—¡Que se joda Stuart! —contestó Zeke en tono seco—. Evidentemente, no tenía la inteligencia para reconocer o apreciar a una mujer increíble y perfecta cuando la tenía. Para empezar, el cabrón nunca te mereció, Lia. Estás mejor sin él. Sé que ahora mismo estás dolida y desconsolada, gominola, pero date tiempo. No eres la clase de mujer que sería feliz caminando en silencio a la sombra de un tipo. Esa no eres tú. Las restricciones y continuas expectativas habrían terminado aplastando tu espíritu.

Parpadeé con fuerza y las lágrimas acumuladas empezaron a rodar por mi rostro. «Dios, ¿cuándo fue la última vez que alguien saltó en mi defensa como siempre lo hace Zeke? ¿Me he acostumbrado tanto a ser criticada todo el tiempo que he olvidado lo que se siente al ser simplemente aceptada?», me pregunté.

—¡Mierda! —maldijo Zeke—. No llores, Lia. Te lo prometo, todo saldrá bien. Si te hace sentir mejor, intentaré no criticar a Stuart, pero no garantizo que cumpliré muy bien esa promesa.

Las lágrimas empezaron a caer aún más rápido.

—No es eso —dije con voz temblorosa—. No es por él. Es por mí. No sé qué demonios me pasó, Zeke, ni cómo caí en esa trampa en primer lugar. Tal vez fuera porque Stuart era tan rico y estaba tan bien relacionado…

—No. Eso es una chorrada —me interrumpió Zeke—. No todos los chicos ricos son unos capullos. ¡Dios, Lia! Yo soy más rico ahora mismo de lo que lo será Stuart en toda su vida y nunca te he tratado como lo hacía él. Nunca lo haría. El dinero no da vía libre para ser un completo imbécil.

—¿De verdad eres más rico que él? —pregunté con curiosidad—. Stuart es millonario. —No es que me importara, y siempre había sabido que Zeke no era precisamente pobre, pero ahora estaba demasiado intrigada como para no preguntar.

Él asintió sin dejar de mirar la calzada.

—Creo que esa es una de las cosas que siempre me han gustado de ti, Lia. Hemos sido amigos durante mucho tiempo, pero nunca me has preguntado siquiera por mi patrimonio ni cuánto dinero tengo en el banco.

Yo me encogí de hombros.

—Nunca ha importado. Sabía que no eras pobre y que no necesitabas ayuda en ese sentido, así que, ¿por qué preguntar?

—Yo no soy millonario, Lia —respondió Zeke en tono estoico.

—No importa, Zeke —le aseguré apresuradamente—. Eres un chico extremadamente culto, exitoso…

—Técnicamente —me interrumpió— como mis activos exceden los mil millones de dólares, soy multimillonario.

Capítulo 3

Zeke

No había ningún motivo por el que no le hubiera contado nunca a Lia cuánto dinero tenía exactamente. Como ella había dicho, nunca lo había preguntado ni había sido tan importante para ninguno de nosotros. Pero, demonios, en cuanto Lia mencionó la riqueza de Stuart, casi perdí los estribos. De pronto, quería que supiera que si realmente deseaba casarse con un hombre que tuviera mucho dinero, yo era su hombre.

Sí, era un instinto totalmente ridículo, porque sabía perfectamente que Lia no dudaría en casarse con un tipo más pobre que las ratas si realmente lo amara. Así que no tenía ni idea de qué era esa mierda de golpearme el pecho presumiendo de ser más rico que el idiota con el que iba a casarse.

—¿Cómo es posible que no supiera que mi mejor amigo es multimillonario? —preguntó Lia en voz baja—. No creí que hubiera muchas cosas que no supiéramos el uno del otro.

—Ahora que lo sabes, ¿va a suponer alguna diferencia? —pregunté.

—No —contestó ella en tono contemplativo—. ¡Espera! Puede que sí, un poco. Es posible que no me sienta tan culpable ni discuta tanto cuando pagas la cuenta cada vez que vamos a un restaurante caro.

Yo sonreí de oreja a oreja.

—Siempre te dije que podía permitírmelo, gominola.

Ella soltó un bufido.

—Supongo que nunca me había percatado de que pagar ni siquiera haría mella en tu cuenta bancaria. Pero eso no quiere decir que siempre pagues tú.

Yo reí entre dientes. Si hubiera esperado que mi patrimonio la impresionase, me habría decepcionado mucho.

—Entonces, ¿entiendes que el dinero no convierte a todos los hombres en imbéciles? Ya conoces a multimillonarios, Lia. Mira a Jett Lawson, el prometido de Ruby, y a todos sus hermanos. Jett trata a Ruby como si fuera lo más importante de su universo, y estoy seguro de que lo es, y los hermanos Lawson tienen algunos de los patrimonios más altos del mundo.

—Lo sé —dijo Lia con un suave gemido—. Jett adora a Ruby y se comporta como si no pudiera vivir sin ella. Si ella no fuera mi amiga y yo no supiera cuánto se merece a un tipo como él, probablemente estaría verde de envidia.

—Entonces, si Ruby no estuviera con él, ¿es posible que te interesara Jett? —inquirí. «Bien hecho, Conner. Lia ni siquiera se ha quitado el vestido de novia todavía y tú ya estás preocupado por quién será el siguiente», me reproché.

Ella soltó una carcajada de sorpresa.

—No, no estaría celosa por eso. No se trata del chico. Es por su relación. No tengo nada contra Jett, eso sí, pero no me imagino a esos dos con nadie más. Se quieren tanto que estoy segura de que están hechos el uno para el otro. —Hizo una breve pausa antes de añadir—: Lo cierto es que no sé cómo sería que un hombre me mirase como Jett mira a Ruby. No creo que ningún chico me haya mirado así nunca —dijo inspirando profundamente—. Supongo que Stuart solo era… diferente.

—¿Un imbécil pretencioso, quieres decir? —pregunté sin poder contenerme—. No es por el dinero, Lia. Es por el estilo de vida. Los colegios privados esnobs, los fondos fiduciarios, los clubes de campo y la idea de que el dinero le hace superiores a las personas. Si sales con un grupo donde todos se creen esas mierdas, terminas atrapado en esa teoría y dirige tu vida. Todos se esfuerzan tanto por superarse unos a otros que las apariencias se convierten en su principal prioridad. Es muy retorcido.

Ella guardó silencio un momento antes de responder:

—Puede que a mí también me atrapara ese mundo, al menos durante una temporada.

Yo sacudí la cabeza.

—No por las mismas razones. Creo que solo querías encajar.

—Sentía que el amor de Stuart era condicional y que, si quería que me amara más, tenía que ser la mujer que él necesitaba —contestó con un suspiro—. No era así al principio, pero las cosas cambiaron.

—Puedes odiarme por decir esto —le conté con voz ronca—: pero estoy muy aliviado de que conociera a otra persona.

—Yo también —respondió ella en voz baja—. No soy totalmente ingenua, pero no tenía ni idea de que estaba engañándome. Supongo que estaba tan ocupada en la tienda y con la organización de esta boda absurda que no me percaté de las señales.

—No te fustigues por eso, Lia —le advertí—. Ese era su problema. No era tu responsabilidad percatarte de ninguna señal. Ese cabrón debería haber mantenido el pito en los pantalones.

—Ni siquiera sé qué aspecto tiene ni quién es ella —reflexionó Lia.

—No importa —le aseguré yo una vez más—. No hay ninguna mujer en el mundo tan guapa como tú, Lia.

—Puede que tenga el trasero más pequeño —bromeó ella sin entusiasmo.

—Entonces será mucho menos atractiva que tú, gominola, sin duda —repliqué yo.

Al chico que no deseara a una mujer con un cuerpo como el de Lia le pasaba algo raro. Estaba hecha como una maldita diosa y su trasero curvilíneo y caderas redondeadas eran un atractivo, no una desventaja.

Ella rio mientras se metía en la boca unas cuantas gominolas más.

—Si sigues atiborrándome a base de judías de gominola, recuperaré el peso perdido en un par de días.

—Bien —dije contento— Tengo un montón en casa. Eso ayudará

Ella suspiró.

—Hay que adorar al mejor amigo al que no le importa que se te ponga el trasero como un pandero.

—Cuando prácticamente tienes que morir de hambre para mantener cierto peso, estás demasiado delgada —musité yo—. Antes te tenía bien abastecida de judías de gominola todos los días, y tu trasero se veía bien.

—Dice el hombre que nunca me ha visto desnuda —bromeó.

Estuve a punto de tragarme la lengua. Lia no tenía ni puta idea de lo mucho que quería desnudarla ni de que no me decepcionaría en absoluto si mi deseo se cumplía.

—Puedes quitarte la ropa cuando quieras y seguiré diciéndote que eres jodidamente perfecta —respondí intentando mantener un tono desenfadado, aunque tenía visiones de una Lia desnuda bailando en mi mente.

—Por favor —dijo ella arrastrando las palabras—. Soy tu mejor amiga y probablemente la última mujer que quieres ver desnuda.

¡Caray, si ella supiera! Sinceramente, era la única mujer a la que quería desnudar.

Lia permaneció en silencio durante unos segundos antes de preguntar:

—Bueno, ¿vas a contarme cómo te hiciste multimillonario? Sabía que tu madre y tu padre eran pudientes, pero no tenía ni idea de que fueran tan ricos.

—Entonces, ¿crees que un tipo como yo tiene que haber heredado todo su dinero de sus padres? —pregunté en tono falsamente ofendido.

—¡Déjate de evasivas! Sabes que eso no es lo que pienso. Cuéntamelo.

Yo me encogí de hombros.

—Ya sabes que hice una doble licenciatura en Harvard, así que terminé la universidad con Derecho y Administración de Empresas. El Derecho era mi pasión y el análisis de inversiones era más bien un pasatiempo hasta que perdí a mi padre. —Me detuve para aclararme la garganta.

Aunque habían pasado varios años, la herida de perder a mi padre seguía muy fresca. Solo habíamos trabajado juntos en su bufete de abogados durante un periodo breve antes de que tuviera que hacerme cargo yo a su muerte.

—Cuando murió mi padre, después de que mi madre se quedara con más dinero del que podría gastar en varias vidas, yo heredé unos cuantos millones de dólares y uno de los mejores bufetes de abogados del país. Así que empecé a invertir y algunas de esas empresas donde invertí pronto ahora son corporaciones enormes. Mi bufete va bien, así que nunca dejé de invertir realmente. Supongo que podrías decir que heredé parte de mi dinero, pero no la mayoría.

—Dios, eres un hombre increíble, Zeke Conner —dijo Lia, sonando ligeramente maravillada—. Ya tenías bastante cuando te hiciste cargo del bufete. No sé dónde encontraste el tiempo para gestionar una gran cartera de inversiones.

Resultaba gracioso cuántas cosas podía hacer un chico cuando no tenía vida. Sí, había tenido citas. Ocasionalmente. Incluso había tenido unas pocas novias. Pero, en casi todo, mi vida personal era bastante tranquila.

—No fue tan difícil —respondí.

—No hagas eso —me amonestó Lia—. Odio que hagas eso. No le quites importancia al hecho de haber conseguido algo que muy pocas personas podrían hacer. Siempre has sido la persona más inteligente y resuelta que conozco, y no me gusta que no te atribuyas suficiente mérito por algunas de las cosas tan increíbles que haces.

—Entonces, ¿preferirías tener a un fanfarrón por mejor amigo?

—Como si fueras a serlo —contestó Lia en tono jocoso—. Eres una de las personas más humildes que he conocido en toda mi vida. Dudo que te convirtieras en un jactancioso por echarte flores de vez en cuando.

—Es completamente innecesario. Ya lo haces tú por mí —bromeé.

Lia rara vez perdía la oportunidad de presumir por mí. Yo nunca tenía que decir ni media palabra. No me habían faltado elogios efusivos y apoyo de Lia a lo largo de los años. Siempre me decía, y a cualquiera que estuviera escuchando, todas las razones por las que era tan buen chico. Ella soltó un bufido de exasperación.

—Alguien tiene que hacerlo —contestó a la defensiva—. Además, ¿es tan malo tener a alguien tan orgulloso de ti que no puede dejar de hablar de ti?

«Claro que no». No era malo en absoluto. La disposición de Lia para ver todas las cosas buenas de una persona y olvidar las malas con facilidad era una de sus cualidades más adorables.

—En absoluto —le aseguré—. Solo espero haberte apoyado la mitad de lo que tú me has apoyado a mí a lo largo del tiempo.

Lia resopló.

—Zeke, me ayudaste a conseguir Indulgent Brews siendo mi socio silencioso en la cafetería. No tendría un negocio propio y exitoso de no ser por ti. Me has ayudado en cada desafío, decepción y acontecimiento difícil que he vivido desde que empecé el instituto. Eres tú quien está aquí conmigo ahora mismo, después de que me dejara plantada en el altar un hombre que me ha estado poniendo los cuernos durante Dios sabe cuánto tiempo de nuestro compromiso. Así que, sí, creo que me has apoyado bastante.

Tamborileé el volante con los dedos cuando nos movimos un centímetro en una calle muy transitada.

—Tengo que contarte algo, Lia, y puede que te enoje.

—Dímelo sin más —me alentó.

—Cuando te vi en el vestíbulo de la iglesia, tenía toda la intención de parar la maldita boda. No sé por qué tardé tanto, pero tenía un instinto que no podía ignorar. Sabía que no ibas a ser feliz con Stuart, y sacarte a rastras de la iglesia, tanto si querías como si no, tampoco estaba completamente descartado. No puedo explicar qué pasó en la iglesia antes, pero me aterraba que estuvieras cometiendo un tremendo error. Dios, de alguna manera sabía que estabas haciéndolo.

Pasó un minuto en silencio; luego, dos. Empezaba a ponerme nervioso cuando ella contestó finalmente.

—No estoy enojada. Tenías razón. Casarme con Stuart habría sido el mayor error de mi vida. Yo también tengo una confesión que hacer.

—¿Qué?

Ella suspiró.

—Estaba buscando a Stuart cuando me encontré con su hermano. Iba a cancelar la boda yo misma. Stuart me evitó las molestias siendo un cabrón mentiroso incapaz de mantener el pene en los pantalones. La ceremonia no iba a celebrarse, Zeke. Esta mañana estaba echa un desastre, pero para cuando me había puesto este vestido ridículo estaba completamente aterrada porque sabía que no podía seguir adelante con la boda. Tu intuición era correcta. Puede que captaras mi propio pánico. No sé por qué tomó un año entero que saltaran mis alarmas, pero no estoy destrozada por que no se haya celebrado esta boda.

Me quedé atónito por un instante. «¿No pensaba llegar al altar hoy?», pensé.

—Entonces, ¿ya no estás enamorada de Stuart? —pregunté con cautela.

—No —confirmó ella en tono de tristeza—. No sé si alguna vez estuve enamorada de él. Creo que aún estoy intentando comprenderlo todo. He pasado más de un año cambiando completamente para intentar ser la mujer con la que quería casarse y ni siquiera entiendo por qué.

Sonaba tan confusa y perdida que estiré el brazo y tomé su mano con la mía.

—Lo entenderemos juntos, Lia. Puede que no tengas el corazón roto, pero el cabrón se metió en tu cabeza. Seguías afectada por la muerte de Esther cuando conociste a Stuart. Eras vulnerable. No te culpes.

Joder, en lugar de eso, podría culparme a mí. Debería haber estado ahí para ella, pero no lo hice. Estaba demasiado ocupado sintiendo lástima de mí mismo porque ella parecía feliz con otro chico.

Lia asintió y me dio un suave apretón en la mano.

—Tengo que reencontrarme, Zeke. Ni siquiera estoy segura de quién soy ahora.

«¡Joder!». Odiaba la indefensión reflejada en su tono. Me había alejado de aquella mujer cuando debería haberme pegado a ella como una lapa porque estaba indefensa y en duelo. Eso no volvería a ocurrir nunca más

—Sigues siendo la misma Lia Harper —le informé—. Preciosa, intrépida bomba rubia con el trasero más torneado del planeta. Entendida del café y amante de las judías de gominola. Eres la persona más buena y valiente que he conocido en toda mi vida. ¿Hablas de mis éxitos? Ni siquiera tienes veintiocho años, Lia, y ya eres propietaria de un negocio muy exitoso que estás ampliando para un éxito aún mayor. Ninguna de esas cosas ha cambiado. Lo único que necesitas es un poco de tiempo para volver a darte prioridad, y yo estaré aquí para asegurarme de que lo haces.

Oí su cabeza al desplomarse sobre el reposacabezas mientras ella decía:

—Dios, cuánto te he echado en falta, Zeke. Sé que hablamos y que nos vemos en la cafetería, pero nunca volvimos a ser los mismos desde que Stuart entró en escena. ¿Qué nos pasó?

Yo no iba a intentar fingir que no sabía de qué estaba hablando. Sabía lo que era extrañar a Lia con cada fibra de mi ser.

—No fue culpa tuya —dije con voz ronca—. No soportaba a Stuart, así que fui yo el que se alejó cuando debería haber estado ahí para ti. Nunca creí que ese cabrón fuera lo bastante bueno para ti, pero quería que fueras feliz. Creía que lo eras, aunque sentía que vosotros dos nunca encajasteis del todo. Siempre parecía que eras la única que cedía, pero empiezo a creer que hiciste mucho más que atender a sus necesidades. Debería haber prestado más atención. Siento no haber estado ahí cuando necesitabas a alguien que mirase por tus intereses, gominola.

—Eres mi mejor amigo, Zeke, no mi padre —contestó ella secamente—. No era responsabilidad tuya reconocer mi relación disfuncional. Y yo también me alejé. Sabía que no te gustaba Stuart, pero creo que estaba tan metida en esa relación que no sé si habría escuchado ninguna de tus objeciones cuando yo misma no estaba siendo racional. Ya soy mayorcita, Zeke. Elegí mal, y eso es responsabilidad mía. —Inspiró hondo antes de añadir—: Pero me siento increíblemente agradecida de que estés aquí para ayudarme a resolverlo todo.

—No me voy a ninguna parte, Lia. Tenemos todo el tiempo del mundo para solucionarlo.

Tal vez ella no lo supiera todavía, pero si las cosas iban a mi manera, cuando todo aquello hubiera terminado, sería mía y yo me aseguraría de que nadie volviera a hacerle daño nunca.

Lia

Zeke se había desviado unas cuantas veces en el camino de vuelta a su ático; uno de los recados fue recoger comida de nuestro restaurante chino favorito. Los dos éramos unos *foodies*, pero hacía mucho tiempo que no comíamos juntos en ninguno de nuestros sitios preferidos.

Yo me había cambiado el vestido por unos *jeans* y una camiseta amplia teñida, ropa que había dejado en casa de Zeke largo tiempo atrás. Los pantalones me estaban mucho más holgados porque había adelgazado, pero no me importó porque estaba cómoda y me sentía un poco más yo.

Él también se había puesto unos *jeans* y una camisa azul que hacía parecer sus ojos más azules de lo normal. Encendimos la televisión de fondo a bajo volumen mientras comíamos, pero yo estaba segura de que ninguno de los dos prestamos atención a las noticias mientras nos relajamos en el salón de Zeke. Finalmente, dejé caer mi tenedor en el plato y alcancé la copa de vino que me había servido él antes de sentarse en el sofá. Di un largo sorbo y tragué antes de decir:

—No sé qué voy a hacer con el testamento de mi abuela. Si no estoy casada para mi cumpleaños, estoy jodida.

Había querido a mi abuela, que me crio como a su propia hija después de que murieran mis padres. Sin embargo, aún no entendía por qué había puesto en su testamento la condición de que no podía heredar a menos que estuviera casada para mi veintiocho cumpleaños. Si no cumplía la condición, todo iría a parientes lejanos que ni siquiera conocíamos y a las organizaciones benéficas que ella apoyaba.

No es que la abuela Esther me debiera nada. Ella me había criado cuando nadie más me habría acogido. Pero dolía bastante que, en algunos sentidos, ella también hubiera intentado cambiarme. No obstante, como había planeado estar casada para mi cumpleaños, la condición nunca supuso una gran diferencia. Simplemente me impedía heredar hasta que Stuart y yo estuviéramos casados.

—He revisado todos los documentos como me pediste que hiciera tras el fallecimiento de Esther —respondió Zeke—. El abogado de sucesiones tiene razón. Si lo impugnas, podrías perder perfectamente. Se redactó tan bien que un juez podría confirmarlo. No tengo ni idea de en qué estaba pensando cuando lo escribió, Lia, pero sabes de sobra que te quería como a una hija y querría que todas sus posesiones fueran para ti.

La expresión de Zeke era sombría, pero yo no dudaba de su opinión, ya que mi mejor amigo era un abogado defensor influyente. Aunque no se especializó en testamentos y fideicomisos, Zeke era licenciado en Derecho por Harvard y tenía un buen conocimiento de lo que se podía impugnar según la ley.

—Por desgracia, no me da tiempo a encontrar otro novio —dije con tristeza. Cumplía los veintiocho exactamente dentro de una semana desde ese día—. Puedo aguantar perder los activos monetarios, pero va a matarme ver partir todas las cosas que tienen tanto valor sentimental, ya que lo incluyó todo en su patrimonio. Tendré que alargarte los pagos a plazos.

Me sentía como una fracasada porque no podía pagar el dinero que le debía. Había planeado comprarle su parte de mi cafetería a Zeke cuando se resolviera la herencia de mi abuela e invertir el resto del dinero en abrir una segunda tienda. Sabía perfectamente que nuestro acuerdo era más bien un favor por su parte, aunque aseguraba que estaba haciendo una buena inversión.

—No se me ocurre ninguna otra manera de comprar tu parte. Y la segunda cafetería de Indulgent Brews tendrá que esperar.

—No quiero el maldito dinero y nunca habría aceptado ni un centavo a plazos si no hubieras amenazado con cortarme las pelotas si no lo aceptaba —respondió Zeke malhumorado—. Acordamos que sería tu socio silencioso cuando te negaste a aceptar el dinero sin más como un regalo de un amigo, y que podrías comprar mi parte en cualquier momento. No había un límite de tiempo y ya te he dicho como un millón de veces que prefiero que reinviertas el dinero que insistes en pagarme cada mes en ampliar el negocio. Ya tendrías un segundo local a estas alturas si no fueras tan testaruda.

Era la misma discusión de siempre. Zeke quería darme los fondos que necesitaba para mi empresa como regalo y yo me había negado rotundamente. ¿Qué clase de amiga se aprovecharía de un amigo de esa manera? No pensaba aceptar algo así si él no era propietario para garantizarle el dinero. Así que redactamos y firmamos un contrato de asociación silenciosa.

—Tú no querías ser socio —le recordé—. Lo hiciste estrictamente para ayudarme.

El hecho de que acabara de contarme que era multimillonario antes de llegar a los treinta y dos años no suponía ninguna diferencia para mí.

—Saber que no necesitas el dinero no me hace sentir mejor por no poder devolvértelo todo en unas semanas. Quiero saber que me he ganado esa tienda, y tú eres mi mejor amigo, Zeke —dije con remordimiento.

—Si te sientes tan mal, podrías casarte conmigo —sugirió en tono realista—. Heredarías porque estarías casada antes de tu cumpleaños y no sentirías la necesidad de postergar la apertura de un segundo local. Problema resuelto.

Yo me eché a reír, pero de repente me detuve al verlo en el sofá desde mi asiento en un cómodo sillón reclinable. Él me miraba fijamente con una mirada familiar. Una expresión que no tenía su humor ni burla habituales. «¡Santo Dios! Lo dice en serio», pensé. Dejé la copa de vino vacía en la mesilla y me crucé de brazos.

—Estoy segura de que a Angelique no le haría ninguna gracia —dije en tono desenfadado—. Dios, Zeke, agradezco lo dispuesto que estás a ayudarme, pero está claro que no has pensado esta idea detenidamente.

Él encogió sus enormes hombros.

—Rompimos, aunque no es como si fuéramos pareja de verdad. Solo salimos una temporada. Hace meses que no la veo. ¿Dónde has estado?

«¿Dónde he estado?», repetí para mis adentros. Había estado tan ocupada con el negocio y preparándome para la boda que evidentemente no me había percatado de que Zeke ya no llevaba del brazo a la preciosa morena.

—Lo siento —respondí, sintiéndome como una mierda porque no sabía que Zeke se había quedado solo. ¿Había roto ella o él? ¿Le había hecho daño? ¿Estaba disgustado porque ya no salía con ella?

—No lo sientas. No era nada serio.

Yo suspiré reclinándome en el cómodo sillón.

—¿Quién rompió? —pregunté con curiosidad.

—Fue de mutuo acuerdo —contestó él—. Creo que le interesaba más salir y finalmente casarse con un hombre rico más que yo personalmente. A ninguno se nos partió el corazón por ello. Simplemente no buscábamos lo mismo.

Dios, odiaba que ninguna mujer hubiera mirado más allá del buen partido que era Zeke ni de que fuera un abogado influyente y dueño de uno de los mejores bufetes de defensa del país. ¿Por qué no se lo había llevado alguna afortunada simplemente porque era un chico increíble y una de las personas más buenas y generosas del mundo? Desde luego, a las mujeres les parecía atractivo físicamente. Quiero decir, ¿a quién no se lo parecería? Nunca se me había escapado que Zeke estaba buenísimo. Aún no se me escapaba. Simplemente había intentado ignorarlo por el bien de nuestra amistad cuando me puso firme en mi veintiún cumpleaños.

Por extraño que parezca, sentí más de una punzada de inquietud al pensar en Zeke prometiéndole su vida a otra mujer. Nunca me había parado a pensar en cómo sería nuestra relación si él no estuviera soltero, quizás porque ninguna relación seria parecía durarle mucho tiempo. Tampoco culpaba a Zeke, porque no había encontrado a una mujer que lo viera de verdad.

Él levantó la vista y me sostuvo la mirada.

—Creo que acabo de ofrecerme a casarme contigo. ¿Significa eso que te niegas?

Su timbre de voz hizo que un chispazo me recorriera la columna. No era inmune a su tono de voz peligroso y endiabladamente grave. Solo quería fingir que no hacía que todas las hormonas femeninas de mi cuerpo se pusieran firmes y alertas.

—No hablabas en serio.

—Hablaba completamente en serio, Lia. Tienes que casarte. Yo estoy disponible. No te ofendas, pero creo que soy mejor partido que Stuart. No te cambiaría ni un pelo de la cabeza ni, mucho menos, intentaría convertirte en alguien que no eres. Resulta que te considero absolutamente increíble tal y como siempre has sido.

«Ay, Diosito, conozco esa expresión intensa, decidida y obstinada que está poniendo ahora mismo», pensé. Simplemente, hacía mucho tiempo que no la veía.

—No puedes casarte conmigo así como así —protesté—. Te adoro por ofrecerte, pero la idea es simplemente una locura.

El problema era que sabía que Ezekiel Conner distaba mucho de estar loco. Era divertido. Era dulce cuando quería serlo. Rezumaba un atractivo masculino que la mayoría de las mujeres no podía ignorar. Era rico. Era muy culto, ridículamente inteligente y extremadamente exitoso. Pero… solo era mi amigo. Las mujeres como yo no se casaban con hombres como Zeke Conner. Era demasiado… perfecto.

—Piénsalo, Lia —dijo Zeke con calma—. Te mereces abrir una segunda tienda y recuperarte de los gastos adquiridos con la primera. No quieres aceptar el dinero que te di como un regalo, así que eso significa que sientes que debes devolvérmelo para poder seguir adelante. Si te casas conmigo, no tienes que comprometerte para siempre. No hay nada en el testamento que exija que permanezcas casada. Cumples los términos, cobras tu herencia y luego podemos divorciarnos si eso es lo que realmente quieres.

Lo miré boquiabierta.

—¿No es eso también lo que tú querrías? No lo entiendo. ¿Qué sacas tú de esto? Sé que harías cualquier cosa por mí como amigo, pero ¿no te parece que te estás yendo demasiado lejos?

Me mordí una uña con nerviosismo sin dejar de mirarlo fijamente a los ojos.

—¿De verdad quieres saberlo? —preguntó con voz ronca.

Yo asentí lentamente.

—Consigo la oportunidad de convencerte de que te acuestes conmigo hasta que consigas la herencia —respondió con un tono que sonaba francamente honesto.

—¿Por qué ibas a querer eso? —pregunté con voz aguda. Yo me había ofrecido a él una vez y me arrepentía desde entonces. Zeke era mi amigo desde hacía catorce años y nunca se había mencionado nada más que amistad entre nosotros excepto por mi confesión borracha durante mi veintiún cumpleaños.

—¿De verdad crees que no me había dado cuenta de que te has convertido en una mujer hermosa? Hace años que tienes la capacidad de excitarme, Lia. De hecho, me cuesta creer que no te hayas percatado nunca —terminó alargando las palabras.

—Nunca has querido acostarte conmigo —lo desafié.

—Claro que sí he querido —dijo él con una sonrisita—. ¿Qué hombre de sangre caliente no querría?

—Un montón —dije yo con nerviosismo. «Al menos, ninguno de mis exnovios».

—Yo sí quería, y aún quiero, acostarme contigo —dijo cruzando sus musculosos brazos—. Simplemente nunca he hablado de ello. No sentía interés por tu parte y mi sentido de la oportunidad siempre ha sido pésimo. Y no quería que mi pene arruinase una buena amistad. Pero si me hubieras hecho una seña con el dedo, te habría llevado a mi cama antes de que pudieras cambiar de opinión. Cásate conmigo, Lia. Nunca te obligaré a hacer nada que no quieras, pero al menos dame una puta oportunidad de mostrarte que seríamos tan buenos amantes como amigos. Si decides que eso no es lo que quieres, nos divorciaremos.

Su expresión era estoica y sus bonitos ojos azules estaban cerrados. Por primera vez en nuestra muy larga amistad, yo no tenía ni la más remota idea de en qué estaba pensando él.

Aquel hombre no era el Zeke que conocía, pero seguía resultándome familiar. Me sentía como si estuviera en una especie de sueño extraño, viendo una faceta de mi mejor amigo que nunca había visto. «Pero sigue siendo mi Zeke», me dije.

Empecé a pensar en su oferta. Tal vez no fuera la proposición más romántica del mundo, pero el simple hecho de que estuviera dispuesto a sacrificar su libertad, aunque fuera temporalmente, para ayudarme a alcanzar mis objetivos, hizo que se me escaparan las lágrimas. Aunque no me tragaba el rollo de que deseaba mi cuerpo. Era, a todas luces, su manera de fingir que sacaría algo del trato si yo aceptaba.

Sin embargo, estaba desesperada por devolverle todo lo que había hecho por mí desde que abrí mi exitosa cafetería. Y la única manera en que podría hacerlo sería recibiendo mi herencia. Él había confiado en mí completamente cuando soltó de buena gana aquella enorme suma de dinero. Zeke no solo me había dado los fondos generosamente para abrir Indulgent Brews, sino que había estado ahí conmigo a cada paso del camino a medida que crecía. Él se llamaba socio silencioso, pero también había estado ahí cuando hubo problemas. Yo había compartido con él mis conocimientos sobre el café y él me había enseñado todo lo que sabía ahora sobre ser una buena empresaria.

—Vale —dije en voz baja, tomada mi decisión.

Él levantó una ceja.

—Vale... ¿qué?

—Me casaré contigo. No pienses ni por un segundo que me creo eso de que me has deseado alguna vez. Pero me aseguraré de que este sacrificio temporal te merezca la pena de alguna manera. Sé que, decididamente, no necesitas el dinero, pero se me ocurrirá algo.

—Pero ¿estás abierta a dejar que te convenza de lo contrario? —preguntó.

Yo solté un bufido.

—Sí. Vale. Estoy de acuerdo.

Me parecía bien mantener la pretensión de que me deseaba si eso lo hacía sentirse mejor. Pero yo sabía que simplemente me estaba haciendo otro favor.

Él me sonrió de oreja a oreja y yo le devolví al sonrisa a través de las lágrimas porque era una mueca traviesa que no había visto desde hacía mucho tiempo. Me sequé las lágrimas restantes de la cara y dije:

—Ni siquiera estoy segura de cómo darte las gracias esta vez, Zeke, pero ya pensaré en algo.

—Lo único que siempre he querido era una oportunidad contigo, así que no me des las gracias. Voy a obtener exactamente lo que quiero —contestó con voz ronca.

El corazón me dio un vuelco, su sensual voz de barítono me afectó de una manera inusitada. «Todo esto es temporal. No vayas a pensar que esto es más que un amigo ayudando a su amiga de una manera exagerada y loca», me advertí.

Solté una bocanada temblorosa. Desde luego, yo no era inmune a ninguno de los encantos y atributos masculinos de Zeke, así que solo podía esperar que no llevase demasiado lejos la treta de intentar seducirme. Si lo hacía, no estaba completamente segura de no arrancarle la ropa antes de que se echara atrás.

Capítulo 5

Zeke

—Ni siquiera me creyó cuando le dije que la deseaba —musité descontento a mi amigo, el multimillonario magnate de la tecnología Jett Lawson.

La prometida de Jett, Ruby, ya se había marchado del ático de Jett con Lia. En cuanto esta le contó a su amiga y proveedora que tenía que planear una segunda boda a toda prisa, las dos salieron pitando del edificio para ir a buscar un vestido.

—Entonces solo tienes que convencerla de que es verdad —respondió Jett—. ¿Dónde es la luna de miel?

—En realidad, no lo he pensado —dije molesto conmigo mismo porque la luna de miel ni siquiera se me hubiera pasado por la cabeza. Aunque lo cierto era que Lia acababa de aceptar casarse conmigo la víspera. Yo había estado demasiado concentrado en el hecho de que Lia sería mía. Al demonio con eso de «temporal». Tenía que encontrar la manera de convencerla de que estábamos hechos el uno para el otro.

Jett levantó una ceja.

—Como esta boda va a celebrarse en tiempo récord, sugiero que lo decidas. A ambos os vendría bien un descanso y Seattle en invierno no es precisamente romántico. Lia ha formado a un supervisor para la cafetería y Ruby va allí casi todos los días a entregar la bollería a la tienda. Podemos echarle un ojo a la tienda.

Yo hice una mueca mientras le informaba:

—Stuart iba a llevarla a Dubái.

—¿De luna de miel? —cuestionó Jett con rostro incrédulo—. Eso es aún más deprimente que Seattle en invierno. No digo que no sea un lugar interesante para visitarlo, pero dudo que Emiratos Árabes Unidos esté entre los destinos más deseados por la mayoría de las mujeres para una luna de miel romántica.

—Por lo visto tiene intereses de negocios allí y quería movilizar algunos más —farfullé.

—Idiota —dijo Jett enojado.

Yo asentí.

—Sin duda.

—Deberías llevarla a un lugar cálido y tropical. Joder, no soy ningún experto en mujeres, pero hay sitios mucho más románticos en el mundo que Dubái —murmuró Jett descontento.

—¿Bora Bora? —sopesé.

Jett negó con la cabeza.

—Llegarías en plena estación lluviosa en esta época del año.

Yo me encogí de hombros.

—Así terminaremos juntitos en una cabaña sobre el agua.

—Deja de pensar con el pene —insistió Jett—. No puedes tener sexo a cada minuto de la luna de miel. Estás intentando ganártela, no agotarla.

Como no había garantías de que fuera a terminar en mi cama, necesitaba un destino donde pudiéramos relajarnos y divertirnos.

—¿Hawái? —pensé en voz alta.

Jett negó con la cabeza.

—Poco inspirado. Todo el mundo va a allí de luna de miel. Es divertido, pero la comida no es nada del otro mundo.

—¿Las Bahamas?

—Aburrido —se mofó Jett.

—¿Cancún? —gruñí, empezando a molestarme.

—Eso está mejor —dijo asintiendo satisfecho. —Es muy bonito en otoño e invierno, y sé que a Lia le encanta la comida mexicana. Es solo una sugerencia, pero yo optaría por Playa del Carmen.

Yo había estado en Cancún y en Playa del Carmen. Estaban cerca, pero Jett tenía razón. Playa era un poco más tranquilo, pero no faltaban actividades.

—Planearé el viaje —accedí.

—Le encantará —contestó Jett en tono de apoyo, como si no acabara de decirme que estaba poco inspirado.

—Tendré que darme prisa con los preparativos. Lia cumple los veintiocho el sábado, así que la boda se celebrará la tarde del viernes —le informé.

Jett asintió lentamente.

—Sí, Ruby me habló de los requisitos del testamento. Es un poco raro. ¿Estaba su abuela en sus cabales cuando lo hizo?

Yo solté una sonora carcajada.

—No conocías a Esther —respondí—. Era más aguda que una aguja hasta el día en que murió. Aunque yo tampoco lo entiendo del todo. Adoraba a Lia. No entiendo por qué puso reglas para que cobrase la herencia. Y no hay nada que especifique que Lia tiene que permanecer casada durante determinado tiempo. Solo quería que se casara. No es nada propio de Esther.

—Entonces, ¿los términos son fáciles de cumplir?

—Mucho —le informé—. Lia me pidió que les echara un vistazo a todos los documentos y lo he hecho. No soy experto en testamentos y fideicomisos, pero estaba bastante claro.

—¿Crees que Lia se sentía obligada a casarse con Stuart por los términos del testamento?

Yo miré a Jett con el ceño fruncido y negué con la cabeza.

—No. No le importa renunciar al dinero, aparte del hecho de que no podría comprar mi parte de nuestra sociedad. Las cosas del patrimonio que tienen valor sentimental para ella son distintas, pero no creo que se sintiera obligada a casarse con Stuart en absoluto.

Creo que se convenció de que lo amaba y de que era su compañero perfecto. No tengo ni puñetera idea de por qué.

—¿Está bien? —preguntó él con voz seria—. Quiero decir que no parecía destrozada antes, pero podría ser una actuación.

Me pareció demasiado personal compartir la confesión de Lia de que pretendía cancelar la boda ella misma, así que no lo hice.

—Estará bien —respondí sencillamente—. Me aseguraré de que lo esté.

—Creo que deberías decirle lo que sientes, Zeke —insistió Jett—. Mantener la boca cerrada no te ha llevado a ninguna parte.

—Sí —reconocí—. Llegué a esa conclusión yo mismo después de sentarme en la capilla ayer. Intenté decírselo cuando volvimos a mi casa después, pero, como te he dicho, cree que solo estoy inventándome una excusa para ayudarla. Te lo juro, tiene una idea extraña en la cabeza que le hace creer que es imposible que me sienta atraído por ella de ese modo.

Jett se levantó del sofá y lo seguí a la cocina. Agradecido, tomé una segunda botella de cerveza y me bebí la mitad mientras permanecíamos apoyados contra la encimera. Él dio un trago de su botellín antes de decir:

—Haz que te escuche, Zeke. Pon tu corazón en juego. Parece que sientes eso desde hace mucho. Corrígeme si me equivoco, pero no creo que se trate solo de una simple atracción física. Es bastante obvio que ella te importa.

Yo asentí. Había dejado de intentar engañarme.

—Estoy enamorado de ella. Probablemente lo he estado durante mucho tiempo. No puedo señalar el momento exacto en que todo cambió para mí. Demonios, quiero a Lia de una u otra manera desde el día en que nos conocimos. Ni siquiera estoy seguro de si la atracción llegó primero cuando ya éramos adultos los dos o si ya estaba enamorado de ella para entonces. Lo único que sé en realidad es que finalmente tengo la oportunidad que siempre he querido para intentar convencerla de que nunca estuvimos destinados a ser solo amigos para toda la vida, y no quiero estropearlo.

—¿Alguna vez se te ha ocurrido que Lia también podría estar en negación? —inquirió Jett.

Le lancé una mirada dubitativa.

—En realidad, no. Nunca he visto ni una señal de que quiera ser más que amigos. —Aquella confesión borracha en su cumpleaños no contaba ni en broma—. Créeme, he pasado años buscando cualquier tipo de señal suya de que podría estar dispuesta a llevar nuestra amistad a otro nivel.

Él se encogió de hombros.

—Una cosa es estar en negación, y otra en completa negación. En tu caso, esos sentimientos no distaban de la superficie la mayor parte del tiempo. Podías negar tu atracción lo suficiente como para no actuar conforme a esas emociones. En su caso, ¿qué pasa si sus sentimientos están enterrados tan profundamente que ahora mismo ni siquiera sabe que existen? Solo es una teoría, pero sé que Lia te adora. Incluso cuando no estás, ella habla de ti. Creo que te menciona en una sola conversación mucho más de lo que nunca ha mencionado a Stuart. Os he visto juntos, Zeke. Puede que no seáis pareja, pero vuestra dinámica es muy parecida, excepto por los gestos íntimos. Podría estar equivocado, pero en mi mente, los sentimientos están ahí por ambas partes. Simplemente, ella aprendido a enterrarlos mucho más profundo que tú.

—Si eso fuera cierto, ¿cómo demonios terminó con Stuart? —gruñí.

—Eso lo tienes que preguntar tú, no yo —respondió él tranquilamente—. Pero no es como si tú nunca hubieras salido con nadie más. Si ella ha dado por hecho que no podríais ser nada más que amigos, ¿no te parece que tiene sentido que busque en otro lado? Puede que escogiera al tipo equivocado, pero no puedes culparla por buscar. No importa lo cínicos que nos pongamos, no creo que nadie pierda por completo la esperanza de que la persona adecuada está ahí fuera, en algún lugar. Aunque no lo admitamos ante nosotros mismos.

Yo le lancé una mirada inquisitiva.

—¿Por qué tengo la sensación de que hablas por experiencia propia?

—Porque lo estoy haciendo —admitió Jett sin reservas—. El amor era lo último que esperaba encontrar cuando conocí a Ruby. Yo estaba lleno de cicatrices, por dentro y por fuera; y, asumámoslo, mis actividades son limitadas debido a mi pierna mala. Ya me había dejado una mujer porque no podía hacer algunas de las cosas que hacen los tipos normales de mi edad. Que una mujer se enamorase de mí me parecía un imposible entonces, a menos que fuera una actuación para conseguir mi dinero. No me esperaba a una mujer como Ruby y, desde luego, no tenía ni idea de que ella encontraría esa diminuta chispa de esperanza cuya existencia yo desconocía. Aún no estoy seguro de cómo sucedió exactamente, pero Ruby consiguió encontrar esa partícula microscópica y bien enterrada que aún quería creer que una mujer podría amarme como lo hace ella. —Sonrió—. Cuando lo hizo, todo se acabó para mí, amigo.

Yo guardé silencio un instante. Nunca había oído esa parte del romance de Jett y Ruby. Sí, Jett tenía una cojera visible, pero nunca parecía ralentizarlo demasiado.

—No pareces un tipo precisamente triste por ese destino.

—No lo estoy —dijo él mientras se ensanchaba su sonrisa—. Supongo que la cuestión es que no siempre sabemos lo que queremos hasta que lo conseguimos. Creo que si encontraras esa parte de Lia que quiere que la ames y ella supiera que estás ahí para corresponder ese amor, podría cambiarlo todo para vosotros dos. Si no hay nada más, al menos podrás decir que lo intentaste.

—Fallar no es una opción —dije en tono brusco.

No tenía ni idea de si había una parte de Lia que quería que la amara, pero yo, sin duda, podía buscarla.

—Pues no falles —sugirió él.

—No pienso hacerlo —confirmé.

Ya había asimilado el hecho de que para mí, era Lia o nadie, así que sería un tipo que luchaba por su vida, literalmente, y no pensaba rendirme.

Capítulo 6

Lia

—¿Qué demonios estoy haciendo? —le pregunté a mi amiga Ruby en un momento de pánico.

Ni siquiera había pasado una semana desde que Stuart me dejó sola en la iglesia y ahora estaba prácticamente preparada para volver a ir al altar, esta vez con mi mejor amigo.

No tenía ni idea de cómo habíamos conseguido organizar aquello en menos de una semana, pero siempre le estaría agradecida a Ruby y a Marlene, la madre de Zeke. Esta se había mostrado eufórica cuando se enteró de que su hijo y yo íbamos a casarnos y se tomó con filosofía el asunto de la boda de última hora. Si yo no creyera ya que era una mujer increíble, lo cual pensaba, al menos estaría maravillada por sus habilidades organizativas.

Zeke y yo nos íbamos a casar en una capilla de un siglo de antigüedad en Gig Harbor, un municipio encantador a aproximadamente una hora de Seattle, y el banquete se celebraría en el club de yates cercano. Todo había salido a la perfección, pero el hecho de que iba a casarme con el mismísimo Zeke seguía pareciéndome surrealista.

—Esta vez vas a casarte con el hombre adecuado —respondió Ruby mientras me alisaba la falda de mi segundo vestido de novia—. Y estás preciosa.

Tenía que reconocer que me sentí bien al ver mi reflejo en el espejo. Me sentía… yo misma.

—Es un vestido realmente bonito —dije mirando al vestido color marfil de manga larga, engañosamente sencillo. Elegí un estilo ceñido a la cintura que caía en cortinas de seda y encaje hasta los pies.

Cuando capté el reflejo de Ruby en el espejo mientras ella revoloteaba a mi alrededor para colocarme el vestido, añadí:

—Tú también estás preciosa.

Ruby se enderezó a mi lado con su vestido de seda rosado.

—Me siento como una princesa —dijo sin aliento.

Yo le lancé una sonrisa temblorosa. «Ay, Dios. De verdad, espero estar haciendo lo correcto», me dije.

—Pero me siento tan culpable… —confesé—. Tú sabes que esto es una treta, pero Marlene no lo sabe. Y está tan contenta.

—¿Sientes que es lo correcto? —preguntó Ruby mientras me recolocaba las horquillas de plata que me retiraban el pelo rizado de la cara. Yo había decidido ir sin velo, ya que era más de mi estilo.

—Por extraño que parezca, no siento que sea un error —le dije—. Sé que sueña extraño, pero confío en Zeke. Siempre lo he hecho.

—Entonces sigue adelante con ello —respondió Ruby—. Y deja de sentirte culpable. Zeke quiere hacer esto y creo que, en el fondo, tú también quieres. Sé que no te parece real, pero hay un certificado de matrimonio que dice lo contrario. Creo que seréis felices juntos, Lia.

—Lo dices como si pensaras que Zeke y yo vamos a permanecer casados —respondí.

Ruby se encogió de hombros.

—¿Quién dice que no lo haréis? Puede que al final descubras que Zeke es el chico adecuado para ti. Creo que siempre lo ha sido, pero nunca te has dado cuenta.

—¿Zeke y yo? —pregunté con un gritito—. Eso es una locura. Siempre hemos sido solo amigos. Los hombres como él no se casan con mujeres como yo.

Ruby me lanzó una mirada incrédula.

—¿Y por qué no iban a hacerlo?

—Es rico y está tan bueno que es obsceno. Por no decir que es muy culto. Hizo una doble licenciatura en Harvard, por Dios. Yo me gradué del instituto, empecé a trabajar en una cafetería y asistí a una universidad local a jornada parcial hasta que conseguí sacarme un título técnico. Zeke está al mando de uno de los bufetes de abogados más prestigiosos del país. No soy la mujer para alguien como él ni remotamente.

Ruby puso cara disconforme.

—Por favor. No empieces a hablar de que el tipo está fuera de tu alcance. Soy una mujer sintecho que acaba de prometerse con uno de los hombres más ricos del mundo. A veces esas cosas superficiales no importan. Lo que cuenta es lo que hay aquí —dijo golpeándose el pecho con la mano.

Tenía razón.

—Pero sabes que solo somos amigos.

Ruby puso los ojos en blanco.

—Zeke siempre te ha mirado como si fueras la única mujer que existe. Si te miraba como amiga, fue hace mucho tiempo. Ese hombre te adora. Es bastante obvio. ¿Estás diciendo que nunca te ha parecido atractivo?

—Sí. Me lo parece. Simplemente nunca he pensado en él… como mío. Reconozco que me prendé de él cuando era más joven, pero ni siquiera entonces pensara que fuera a casarse conmigo.

Ruby soltó una carcajada juguetona.

—Bueno, pues más vale que lo consideres, porque estás a punto de ir al altar y tu novio se parece muchísimo a Zeke Conner.

—Pero sabes que no es de verdad. —Zeke estaba haciendo aquello por mí y yo me estremecí al pensar a cuánto renunciaba por hacer aquella charada.

Se había negado de plano a firmar un acuerdo prematrimonial, sin importar cuántas veces me pusiera firme sobre el tema, afirmando una y otra vez que confiaba en mí. No es que no valorase su confianza, pero el hombre tenía muchísimos activos en juego con todo aquel arreglo. Como mi único plan era devolverle el dinero y no desplumarlo, al final dejé el tema. Era una de esas raras ocasiones en que sabía que él no iba a ceder.

—Ya veremos si es de verdad o no —contestó Ruby alegremente—. Es obvio que nunca has visto cómo te mira. Intenta prestar atención. Puede que descubras que te gusta.

Ruby no dejó de sonreír mientras tomaba mi mano para conducirme la corta distancia hasta la capilla. Después de entregarme el ramo, anduvo por el pasillo hasta situarse frente a Jett y Zeke.

Yo me quedé helada al mirar desde el fondo del pasillo. Era una capilla encantadora, acogedora, pero el corto pasillo parecía kilométrico. Al mirar a mi alrededor en el pequeño templo a la familia y amigos que habían venido a vernos casarnos a Zeke y a mí, de pronto me di cuenta de la gravedad de mi decisión.

«Ay, Dios, no puedo hacerle esto a mi mejor amigo. Sé que le importo, pero no puedo hacer que se case conmigo solo para cobrar mi herencia. Toda su familia está aquí y creen que esto es real. Tengo que pararlo ahora mismo», pensé horrorizada. Era como un *déjà vu*. Excepto que esta vez no cancelaría la boda por mí. Lo haría por Zeke.

Me absorbieron tanto los preparativos que durante los últimos días no había pensado en lo injusto que era esto para Zeke. Tal vez porque él no dejaba de decirme que no era importante. Pero lo era, y mucho. Alcé la mirada y me encontré con los bonitos ojos azules de Zeke al otro lado de la pequeña sala. Su mirada era firme y reconfortante, pero no lograba sacudirme la culpa que me golpeaba el pecho.

No me moví. Me sentía como si estuviera congelada allí mismo.

Zeke no rompió el contacto visual al bajar el escalón y caminar por el pasillo hasta llegar a mi lado.

—Estás absolutamente despampanante y no vas a echarte atrás —me dijo con un susurro ronco al oído cuando tomó mi mano—. Ni se te ocurra.

No me sorprendió que él supiera exactamente cómo me sentía. Solía saberlo.

—Lo siento. No puedo hacer esto —susurré lo bastante alto para que él me oyera—. No está bien. Nunca debería haber dicho que sí. Todos aquí piensan que esto es real, excepto Ruby y Jett.

—Vamos a caminar juntos hacia el altar. Vamos, Lia. Siempre lo hemos superado todo juntos. Esto no va a ser distinto. Camina conmigo. Estás increíblemente preciosa y mi familia está aquí. Esto es real para mí. Por favor, no me hagas decirles que la boda no va a celebrarse.

Yo no tenía familiares en la pequeña reunión, pero Zeke tenía familia presente. Unos cuantos primos, una tía, un tío y, lo más importante, su madre.

Sentí que el corazón me galopaba en el pecho al ladear la cabeza para alzar la mirada hacia él.

—Esto no puede ser lo que quieres realmente, Zeke —dije sin aliento.

Él me penetró con una mirada intensa.

—Te equivocas. Esto es exactamente lo que he querido desde hace ahora mucho tiempo.

—No lo entiendo —susurré, sintiéndome confusa y medio embelesada por la mirada en sus ojos.

—Lo entenderás —respondió en tono prometedor—. Solo cásate conmigo.

Lo último que yo quería era avergonzarlo, así que apreté su mano.

—Nunca digas que no te dejé otra salida.

La certeza de Zeke era como un bálsamo para mis nervios. Confiaba en él. No temía las consecuencias, pero seguía preocupada por las repercusiones para mi amigo.

—No necesito una salida, Lia —me susurró al oído con voz ronca—. Solo quiero que camines hasta el altar conmigo para que digamos nuestros votos.

Yo asentí lentamente. Si eso era lo que quería realmente, estaría a su lado.

—De acuerdo. Hagámoslo.

Fue difícil apartar la mirada de él al situarme para caminar a su lado. Nunca había visto a Zeke con esmoquin, y se veía tan increíblemente guapo que me quitó el aliento.

—Relájate —insistió a medida que caminábamos lentamente hacia el altar—. Vas a casarte, no a la guillotina. Tengo un par de cajas de pudin de chocolate y arándanos en el bolsillo para ti cuando todo esto haya terminado.

Yo solté una carcajada de sorpresa. Las judías de gominola de pudin de chocolate eran mi sabor preferido cuando estaba extremadamente triste y las de arándano eran mi elección en días alegres de felicidad completa.

—No estaba seguro de cuál sería aplicable hoy —añadió.

Le lancé una sonrisa mientras nos acercábamos juntos hacia el altar. Aunque sabía que esta no era la manera convencional en que se casaba una mujer, no lograba sacudirme la sensación de que algo en aquel día de pronto parecía… encajar. Sentí que Zeke era el hombre que debía estar a mi lado. La capilla parecía el lugar donde siempre había querido casarme. Sentí que toda la gente que importaba realmente estaba allí. Sentí que llevaba el vestido de novia con el que siempre había soñado. El ramo era el adecuado. Todo era…

Inspiré profundamente cuando mi mirada aterrizó sobre la mesa junto al altar, junto al pastor que estaba a punto de hacernos pronunciar nuestros votos. Allí, entre rosas y margaritas, había dos fotos que Zeke había hecho ampliar y enmarcar. La primera era una foto de mis padres, tomada poco antes de que murieran. Era mi favorita porque los dos parecían muy felices. La segunda era de la abuela Esther con su vestido rojo de navidad preferido, sonriendo a la cámara. Esa la había tomado el propio Zeke.

El corazón se me encogió casi dolorosamente en el pecho. Sabía que Zeke había hecho aquello porque quería que sintiera que mi familia también nos acompañaba, aunque solo fuera en espíritu. Probablemente no le pareció ninguna molestia porque era un hombre detallista, pero el gesto tocó un lugar de mi corazón que ni siquiera sabía que existía. Zeke Conner conocía mi alma como nadie, y nunca había utilizado ese conocimiento para nada más que para hacerme feliz.

—Arándanos —dije en voz baja—. Sin la menor duda, arándanos.

Nos volvimos uno frente al otro a petición del pastor y, cuando nuestras miradas se encontraron, la expresión esperanzada y aliviada en los preciosos ojos de Zeke hizo que el corazón me diera saltitos de alegría.

—¿Estás segura? —preguntó con voz ronca.

Yo asentí.

—Segurísima.

Toda la ceremonia pasó como en una neblina y, sin darme cuenta, Zeke me ponía en el dedo el anillo de diamante más bonito que había visto en mi vida.

Y, entonces, por primera vez, Zeke Conner me besó en un lugar distinto a la frente. Desde luego, no fue el pico rápido en los labios que había estado esperando. Me quedé sin aliento cuando me rodeó la cintura con brazo fuerte y firme para después sostenerme la nuca con la otra mano. Mi cuerpo estaba tenso de expectación para cuando sus preciosos labios por fin tocaron los míos. Cuando lo hicieron, me sentí como si todo mi mundo se hubiera ladeado un poco. Zeke exploró mi boca concienzudamente, con ternura y firmeza. Como si reclamara su derecho y me hiciera una promesa a la vez.

Para cuando me abracé a su cuello y le devolví el beso, estaba casi segura de que ya nada volvería a ser igual entre Zeke Conner y yo.

Capítulo 7

Lia

—Esto es increíble —dije con un gemido en cuanto tragué el primer bocado del pastel de bodas que había elegido Zeke. —Sabe exactamente como…

—La tarta de chocolate y caramelo salado que comimos en una boda hace unos años —terminó Zeke—. Es la misma tarta, de la misma pastelería. Dijiste que si alguna vez te casabas, querías esa maldita tarta. Me aseguré de averiguar exactamente de dónde era y cómo se llamaba antes de irnos.

Lo miré en lugar de hincarle el diente a las tres capas de pura decadencia en mi plato.

—¿De verdad te acuerdas de eso? Fue hace más de tres años. —Había sido la acompañante de Zeke para la boda de su amigo porque él no salía con nadie en aquella época.

Zeke me sonrió y estiró un brazo sobre el respaldo de mi silla.

—Lia, no es como si hubiera sido hace siglos; sí, me acordaba. Incluso recuerdo haberte dicho que no creía que hubiera ningún novio en el mundo que fuera a discutirte la elección. Era una tarta riquísima. ¿No es eso lo que pedisteis Stuart y tú?

Suspiré volviendo a prestarle atención a mi pastel.

—No. Él quería una tarta blanca jean con glaseado de limón.

Me metí otro bocado en la boca y observé a Zeke mientras tomaba su tenedor con una expresión ligeramente perturbada.

Inspiró profundamente.

—Vale, pero parece tan

Yo sabía que estaba intentando no ser grosero, así que levanté una ceja y sugerí:

—¿Convencional?

Él sonrió de oreja a oreja.

—Solo recuerda que eso lo has dicho tú, no yo. Aunque yo podría argumentar que lo convencional puede ser extremadamente... satisfactorio.

Yo me revolví un poco en mi asiento. ¿Estaba flirteando conmigo Zeke? Yo había dicho convencional en el sentido de algo aburrido, pero la mente de mi novio había ido en otra dirección, obviamente.

—Tienes la mente sucia —lo amonesté.

Él rio entre dientes.

—Oye, soy un recién casado sentado junto a la novia más preciosa del planeta. ¿Dónde esperas que tenga la cabeza ahora mismo? Te advertí que planeaba seducirte.

—Sabes que nunca me lo tomé en serio —susurré en voz alta.

Él se inclinó hacia mí y me acarició la oreja con la nariz mientras preguntaba:

—¿Acaso te he mentido alguna vez, Lia?

Estuve a punto de atragantarme con la tarta. Sus labios me acariciaron la oreja suavemente, su cálido aliento provocador y delicado, pero la simple caricia estuvo a punto de hacerme salir volando de la silla.

—Hasta donde yo sé, nunca me has dicho nada excepto la verdad —respondí, prácticamente jadeando mi contestación.

—Entonces, ¿por qué iba a hacerlo ahora? —preguntó con voz ronca—. No me digas que no te sentiste al menos ligeramente excitada y dispuesta cuando te besé. Creo que ambos olvidamos cuántos miradas nos observaban durante un minuto o dos. ¡Dios, Lia! Me pones el pene tan duro que a veces ni siquiera puedo pensar.

—¡Zeke! —dije con un gritito alejándome—. Tu madre está al otro lado de la mesa.

La sonrisa en su rostro era deliciosamente pícara cuando se enderezó y se reclinó en su asiento.

—Creo que hasta mi madre sabe exactamente en qué estoy pensando ahora mismo, pero en una versión más apta para todos los públicos que para mayores de edad. —Tomó su tenedor y pinchó el último bocado de su tarta—. El muy cabrón debería haberte dado la tarta que tú quisieras. Se suponía que era tu boda.

Yo solté un suspiro de alivio porque dejamos de hablar de su pene. Su beso me había dejado muy excitada y con ganas. Olía fenomenal y tocarlo era una sensación tan increíble que me dejé llevar por su beso hasta prácticamente hundirme antes de volver a la superficie a respirar. Dios, hasta la sugestión de que lo excitaba era casi más de lo que podía aguantar. Estuve a punto de derretirme hasta dejar un charco bajo la mesa. «¿Qué demonios me pasa?», pensé. «Conozco a Zeke Conner desde hace media vida ahora».

—Gracias por recordar mi preferida —musité.

—Era tu boda, Lia. Todo debería ser de tu preferencia.

Yo parpadeé al darme cuenta de que, hasta ese momento, no había absolutamente nada que no hubiera sido mi elección o de mi preferencia.

—¿Y qué pasa contigo?

Él se encogió de hombros.

—Yo tengo la novia que quería, lo cual es bastante importante para mí. ¿Crees que me importaría la selección de flores o del menú cuando tú estás aquí conmigo? —No me dio oportunidad de responder antes de preguntar—: ¿Te he dicho lo preciosa que estás hoy?

—Sí —le aseguré—. Unas cinco veces desde la ceremonia. ¿Te gusta el vestido que elegí?

—Se ve increíble en ti —contestó en tono sincero— Parece de tu estilo y resulta que me encanta tu sentido del estilo.

Yo solté un bufido.

—¿Pantalones y zapatillas?

—Desde luego —contestó él inmediatamente—. Creo que nunca he visto a una mujer que llene el denim como tú. Me pone el…

Yo le tapé la boca con una mano mientras susurraba en voz alta:

—¡Ni se te ocurra! Si tienes que hablarme sucio, hazlo más tarde. Cuando toda tu familia no esté a unos metros.

Él levantó las cejas cuando yo apartaba la mano.

—¿Me lo prometes?

Yo puse los ojos en blanco.

—Sí. Aunque no estoy segura de que este nuevo Zeke Conner *sexy* y travieso no sea un poco más de lo que puedo manejar.

—No tengo ninguna duda de que puedes hacer algo más que manejarme —dijo con voz ronca—. La cuestión es más bien si quieres manejarme o no…

—Zeke —dije en tono de advertencia. Por el amor de Dios, ya estaba lista para desnudarle y tener sexo sudoroso sobre la mesa ahora mismo.

—De acuerdo, cambiaré de tema —dijo en tono agradable—. ¿Quieres explicarme por qué estuviste a punto de hacer una escena de novia a la fuga antes de la ceremonia? Parecías aterrada y sé que estabas a punto de salir escopeteada. No me había percatado de que casarte conmigo te parecía tan condenadamente abrumador.

—No fue por eso. Supongo que me di cuenta de lo desequilibrado que es este trato para ti. Yo conseguiré mi herencia por el precio de tu libertad.

—¿Te parezco preocupado? —preguntó con ligereza.

—No. Y eso me aterra —confesé—. Ni siquiera quisiste firmar un acuerdo prematrimonial.

—¡Que se besen! ¡Que se besen! ¡Que se besen!

Para mi desazón, toda la mesa daba golpecitos con sus cucharas contra las copas de champán coreando para que Zeke y yo nos besáramos.

Sin dudarlo un segundo, Zeke colocó un dedo bajo mi mentón y me inclinó la cabeza hacia arriba mientras farfullaba:

—No es poco lo que consigo, Lia. Te consigo a ti.

Yo me estremecí cuando sus labios se encontraron con los míos en un beso más íntimo que el que nos habíamos dado en el altar. Este fue una exploración lenta y minuciosa que me dejó sin aliento, y no pude reprimirme de devolverle el beso.

Él me devoraba y yo me abrí a él porque lo necesitaba más cerca; todo mi cuerpo respondió con fuegos artificiales, como en un espectáculo del Cuatro de Julio. Zeke saciaba todos y cada uno de mis sentidos, y yo me perdí en su asalto insistente y sensual. Cierto, era un poco extraño desear arrancarle la ropa del cuerpo a mi mejor amigo tan repentinamente para poder explorar todos sus poderosos músculos y cada centímetro de su piel desnuda. Pero, por alguna razón, también parecía tan natural como respirar. Un anhelo que nunca había experimentado me agarró y se negaba a dejarme ir.

—Zeke —susurré cuando por fin liberó mi boca.

—No tengas miedo, Lia. Solo deja que pase —dijo con voz ronca.

—Pero somos amigos. Se supone que nada de esto es real —respondí con voz temblorosa. Me estaba costando separar la fantasía de la realidad debido a mi reacción cada puñetera vez que me tocaba.

—Ahora mismo estamos casados. Creo que somos mucho más que amigos.

«¿Dejar que pase?», me pregunté. En realidad, ¿tenía elección cuando Zeke me besaba de esa manera?

—Deberíamos poder escaparnos muy pronto —mencionó con voz informal.

Habíamos decidido que sería lo mejor que viviéramos en casa de Zeke y la mayoría de mi ropa ya había sido enviada allí.

Yo asentí.

—Volvemos a tu casa.

—A nuestra casa —me corrigió—. Pero no vamos a casa. He empacado algunas de tus cosas y están en el coche. Tenemos que irnos de aquí para llegar al aeropuerto. Hay un chárter esperando.

Yo me quedé sin palabras.

—¿Por qué vamos al aeropuerto?

Él me lanzó una sonrisita.

—Acabamos de casarnos, Lia. Nos vamos de luna de miel.

Yo fruncí el ceño. Lo último que quería era una luna de miel. Stuart había dispuesto un viaje a Dubái, que no estaba precisamente entre mis diez destinos más deseados. Ni entre los cien mejores, dicho sea de paso. Así que estaba encantada de quedarme en casa de Zeke.

—¿Dónde?

—Playa del Carmen —respondió— Quizás debería habértelo preguntado en lugar de darte la sorpresa, pero creí que te gustaría ir a un sitio tropical y relajante después del estrés que has pasado.

Yo nunca había ido a Playa, pero sabía que estaba cerca de Cancún, en la península del Yucatán y, como el tiempo era sombrío y lluvioso en Seattle, sonaba como el paraíso. Suspiré.

—Me encantaría ir a algún sitio así.

—Vamos a ir —contestó él.

—Pero mi tienda…

—Estará bien —me interrumpió—. Tienes una supervisora y Ruby irá a ver cómo van las cosas todos los días. Podemos hacer tanto o tan poco como quieras en Playa del Carmen. *Snorkel*, montar en barco, nadar en las cuevas subterráneas, playa, piscina, tirolina, explorar las ruinas mayas y comer toda la buena comida mexicana que encontremos.

Yo me eché a reír.

—No tienes que arrastrarme para pasar tiempo en el Caribe. —Ahora me había convencido de la idea de una luna de miel.

Por fortuna, había tenido que hacerme el pasaporte para mi inminente luna de miel con Stuart. También era una suerte que los planes de Zeke sonaran mucho mejor que los de Stuart. Nunca había tenido unas vacaciones de verdad y siempre había soñado con ir a México.

—Bien. Entonces nos vamos en cuanto podamos huir —dijo con un toque de picardía en el tono.

Me percaté de que había empezado la música, pero nadie se había levantado de su silla aún.

—No está bailando nadie —le dije.

—Están esperándonos —me explicó poniéndose en pie—. ¿Baila conmigo, Sra. Conner? —Zeke me extendió la mano.

El corazón me dio saltitos de alegría al alzar la vista y verlo mirándome con expectación. No estaba totalmente segura de que un abrazo de nuestros cuerpos fuera buena idea, pero ahora era mi marido. Al menos, durante una temporada. Tomé su mano cuando decidí aceptar su consejo y dejar que las cosas sucedieran.

Lia

Al día siguiente, estaba tomando el sol en una preciosa playa en México, preguntándome cómo demonios había logrado una luna de miel tan fantástica. Zeke nos había reservado una *suite* del resort con dos dormitorios y el lujoso alojamiento tenía todas las comodidades disponibles.

Como habíamos llegado tarde la noche anterior, ambos nos retiramos a nuestras habitaciones y dormimos hasta tarde aquella mañana. Yo no estaba segura de si sentía alivio o decepción de que Zeke no hubiera proseguido sus tentativas de seducción la pasada noche. Volví la cabeza para mirar a mi nuevo marido, que estaba en una tumbona junto a la mía. Miré fijamente el sencillo anillo de platino que le había puesto en el dedo el día anterior. Refulgía brillante al sol y se me encogió el estómago con fuerza.

Por alguna razón, aún no lograba entender el hecho de que Zeke, el chico que había sido mi mejor amigo durante tanto tiempo, fuera mi marido, aunque solo fuera a durar una temporada. Ahora que había pasado la locura, no podía dejar de pensar en eso… ni en él.

Zeke llevaba un bañador corto, su cuerpo perfectamente torneado en exhibición. Para decirlo sencillamente, mi nuevo marido tenía el cuerpo de un dios. Mis ojos recorrieron cada centímetro de su torso musculoso; me moría de ganas de tocar la piel suave que cubría sus marcados abdominales. Apartando la vista, alcancé la bebida afrutada en la mesilla que había entre ambos, intentando soliviantar la comezón en el estómago y entre los muslos.

—Esto es muy bonito —dije después de dar un largo trago de mi cóctel.

La playa era privada y solo la utilizaba el resort, así que no estaba muy abarrotada. Zeke y yo teníamos nuestra pequeño trocito de cielo, aunque hubiera otros huéspedes a nuestro alrededor.

—¿Ya te has descongelado? —preguntó en tono de broma.

—Casi. —Hacía frío y llovía en Seattle, así que básicamente me sentía como si estuviera en el paraíso—. Gracias por esto. Creo que lo necesitaba.

—Creo que ambos lo necesitábamos —convino—. Sinceramente, hacía mucho tiempo que no salía de Seattle.

Zeke trabajaba tan duro que yo tampoco recordaba la última vez que se había escapado. Tristemente, tampoco podía rememorar la última vez que se había reído y divertido de verdad. Ambos estábamos tan absortos en nuestras vidas que de pronto me percaté de que, en algunos sentidos, nos habíamos perdido la pista de las emociones personales del otro.

Sí, nos veíamos en la cafetería porque él paraba por allí bastante a menudo por si yo necesitaba su ayuda con el negocio. Pero ¿cuándo habíamos dejado de salir juntos como amigos, de divertirnos juntos? Al hacer memoria, supuse que todo era distinto desde que Stuart y yo empezamos a salir.

—Te he echado de menos —dije sin poder censurar mis palabras.

—Yo también te he echado de menos, gominola. Mucho —respondió con voz grave.

—¿Cómo empezamos a distanciarnos?

—Estoy casi seguro de que empezó cuando decidiste que Stuart era lo mejor que te había pasado en la vida —dijo arrastrando las palabras.

—¿Cambié? —pregunté yo con curiosidad, perfectamente consciente de que sí lo había hecho.

—Sí. Parecías refrenada y tú nunca has estado hecha para ser sometida, gominola. —Me lanzó una sonrisa triste, pero sus expresivos ojos permanecían ocultos tras las oscuras gafas de sol que llevaba.

Yo apoyé la cabeza contra el cojín de la tumbona y cerré los ojos.

—Ni siquiera estoy segura de cómo ni cuándo ocurrió —reconocí—. Poco a poco, simplemente dejé de discrepar por todo con él, desde mi ropa hasta mi peinado. Era más fácil. Y empecé a cuestionar todo lo que hacía.

—¿Por qué? —preguntó Zeke—. En otro tiempo, le dirías al mundo entero que se jodiera si no les gustabas.

Yo me encogí de hombros.

—Creo que él sabía cómo manipular mis inseguridades. Llegué a un punto en que sentía que ser yo no era lo bastante bueno.

—Se equivocaba totalmente —gruñó Zeke—. Lo sabes, ¿verdad? Nadie debería querer que cambies para ganarte su amor y aceptación.

—Lo sé —contesté—. Pero eso es más fácil verlo cuando ha terminado la relación que cuando está sucediendo. Supongo que yo no quería reconocer que era yo quien cedía siempre.

En pocas palabras, Stuart era un imbécil. Me criticaba todos los días y yo me dejé asimilar cada fallo percibido que él señalaba hasta que me convertí en una versión diferente de mí misma. Una Lia que no me gustaba realmente. Él tenía el control. Y yo solo había sido una observadora. Me sentía tan absolutamente perdida que no sabía si me encontraría de nuevo. No es que echara de menos a Stuart, pero le había dejado llevar la voz cantante y dictar quién era yo como persona durante tanto tiempo que me perdí. Se me abrieron los ojos al notar que Zeke ponía su mano sobre la mía.

—Todo saldrá bien, Lia. Solo te tomará un poco de tiempo. Tus emociones seguían muy tiernas cuando apareció Stuart porque acababas de perder a Esther.

Yo asentí.

—Creo que me siento perdida desde el día en que murió. Estaba buscando algo o a alguien que llenara ese vacío, y todo iba bien con Stuart al principio. Parecía empático con lo que yo estaba pasando, pero las cosas cambiaron.

—¿Primero te atrajo con bondad y luego cambió las tornas?

—Sí. Era increíblemente encantador al principio. Me cautivó y me hizo sentir que realmente entendía mi dolor, y yo lo creí. Supongo que no vi las señales de alarma cuando empezaron a saltar. O puede que no quisiera verlas porque me había hecho sentir amada al principio. Creo que los tipos más insensibles probablemente atraen a las mujeres fingiendo ser el príncipe azul. Me odio por no haberme percatado cuando todo cambió.

—¿Te pegó alguna vez? —preguntó Zeke con aprensión.

—No me hizo daño físicamente —le informé de inmediato—. Aunque quizás habría sido más fácil alejarme antes si lo hubiera hecho. Como solo se metió en mi cabeza, justifiqué su comportamiento.

—¡Dios, Lia! Siento tanto que pasaras por eso.

Por alguna razón, me entraron ganas de llorar desesperadamente.

—Intentaste decirme que era un imbécil, pero no te escuché.

—No lo intenté lo suficiente —dijo él con aspereza.

—Zeke, no era tu responsabilidad. Tenía que despertar yo misma ante lo que estaba pasando para poder cambiarlo. Esto es demasiado bonito como para hablar del pasado ahora mismo. Vamos a refrescarnos. ¿Listo para un baño?

Él se puso en pie y me ayudó a levantarme delicadamente.

—Te va a parecer como una bañera de agua calentita comparada con Seattle, aunque no sea verano.

—No me oirás quejarme, eso seguro —dije yo encantada.

Eché un vistazo a la preciosa agua turquesa antes de quitarme la camisola que llevaba y dejarla caer sobre la tumbona. Solo tenía un bañador de una pieza, negro y sencillo, así que eso era lo que llevaba.

Mi cuerpo se llenó de aire por la expectación al salir corriendo hacia el agua, levantando con los pies un poco de esa refulgente arena blanca mientras gritaba:

—¡Te echo una carrera!

Mi acción fue un poco tramposa, pero merecía una pequeña ventaja. Era imposible que ganara a Zeke a un esprint sin ella. Él no me alcanzó hasta que yo llegué al agua. Estaba templada, pero el choque de llegar al mar y la sensación cuando Zeke me agarró la cintura por detrás me hicieron gritar.

—Tramposa —me acusó—. Siempre tomas demasiada ventaja. No tenía la más mínima posibilidad.

Probablemente había escuchado esas palabras mil veces antes, porque siempre hacía trampas si le echaba una carrera a Zeke. Era una situación muy familiar, pero de alguna manera parecía diferente y mucho más íntima esta vez. El agua me llegaba a la cintura cuando me volví riendo.

—Lo único que he hecho es correr. Te estás volviendo lento, Conner.

—Me distrajiste —dijo sonriéndome, el pecho y la cara ya mojados por el primer salpicón cuando nos abrimos paso en el agua—. Es imposible que uno no se distraiga cuando tiene delante tu precioso trasero.

Me atrajo contra él y temblé cuando me rodeó la cintura con sus fuertes brazos. Sentirlo era una delicia. Tan cálido. Tan increíblemente... tentador. El tiempo se detuvo cuando sus ojos de aguas cristalinas se clavaron sobre los míos como si estuviera buscando algo. El corazón me batía contra el pecho.

—Zeke —lo llamé sin aliento, sin saber qué decir sobre cómo me hacía sentir.

«No me había sentido así desde... Desde mi veintiún cumpleaños. Exactamente hacía siete años ese mismo día». Las mismas emociones, los mismos anhelos, los mismos deseos y exactamente el mismo chico. La única diferencia era que, claramente, Zeke no estaba apartándose esta vez. «No. No puede ser. Superé ese encaprichamiento hace mucho tiempo. Solo es una sensación parecida, ¿verdad?», me dije.

Zeke estaba tan cerca que sentí su aliento cálido contra los labios.

—Eres tan preciosa, Lia —dijo con voz ronca justo antes de que su boca cubriera la mía.

Mi cuerpo ardió en llamas y me abracé a su cuello, saboreando cada contacto de mis dedos con su piel desnuda. El deseo inundó mis sentidos y no me hartaba de su boca merodeadora, así que devolví el beso, encontrando cada embestida de su lengua. Era una sensación tan perfecta, tan natural, que ni siquiera me sentí recelosa de permitirle el paso. La manera en que Zeke me consumía parecía tan acertada que no podía imaginar que fuera un error. Era diferente y familiar al mismo tiempo. Y yo no me cansaba.

Quería explorar esta faceta nueva, *sexy*, sensual, codiciosa de Zeke que me atraía como un imán. Me aferré a él como si fuera un parche de segunda piel, y no quería soltarlo nunca. Él me tocaba como si fuera lo más importante del mundo para él, como si me necesitara para sobrevivir. Era apremiante, adictivo, totalmente seductor y completamente arrasador. Yo jadeaba cuando por fin liberó mi boca para trazar con sus labios una senda hasta la piel sensible de mi cuello y dejando un rastro de fuego a su paso al decir con voz ronca:

—Te deseo tanto, Lia.

Por increíble que parezca, yo también lo deseaba él. Más de lo que podía expresar con palabras.

—No lo entiendo. Se supone que somos amigos.

—Solo deja que pase —dijo con voz ronca contra mi cuello—. No dudes de cómo nos sentimos juntos.

No estaba segura de por qué sentía que tenía que comprenderlo todo cuando sabía que Zeke tenía razón. Podría simplemente dejarme sentir, porque lo que estaba experimentando era muy, muy real. ¿No podía simplemente saborear esos anhelos desconocidos sin tener que analizar toda la situación?

Se me contrajo el sexo intensamente cuando la boca de Zeke me rozó la oreja. Mi cuerpo exigía satisfacción. Y, caray, sentí deseos de encaramarme a su cuerpo musculoso hasta que consiguiera exactamente lo que necesitaba. Dejé caer la cabeza a un lado para darle acceso y que explorase.

—Esto no me pasa a mí. Nunca.

Él me agarró el trasero y atrajo la parte inferior de mi cuerpo fuertemente contra él.

—Esto me pasa a mí todo el tiempo. Cada puñetera vez que te veo —gruñó.

Estuve a punto de derretirme al sentir su férrea erección contra el vientre.

—No lo sabía —respondí apresuradamente.

—Ahora lo sabes —contestó él de repente—. La pregunta es ¿te apuntas a una nueva aventura, a una dimensión diferente de nuestra relación?

Sabía que estaba preguntándome si me parecía bien llevar nuestra amistad a otro nivel totalmente diferente.

—Estoy asustada —confesé—. No estoy acostumbrada a sentirme tan fuera de control.

—Tendrás que acostumbrarte; y confía en mí —dijo retrocediendo lentamente para tomar mi mano y tirar de mí hacia aguas más profundas.

Yo salté sobre su espalda y zambullí su cabeza bajo el agua en gesto juguetón.

—Siempre he confiado en ti —le dije cuando emergió a la superficie. Di un gritito cuando él levantó mi cuerpo y me lanzó tan lejos que saqué la cabeza del agua escupiendo.

Zeke ya estaba ahí para levantarme y colocar mis piernas alrededor de sus caderas mientras me contestaba:

—Quiero hacer que te vengas hasta que no recuerdes ni tu nombre.

Clavé las caderas contra sus abdominales duros como una roca derritiéndome y consciente de que yo quería exactamente lo mismo. Durante ese tiempo robado, solos en un lugar donde no conocíamos a nadie, Zeke era el centro de mi mundo.

«Deja que pase». Oí su voz en mi mente, aunque él no había hablado. Cerré los ojos y apoyé la cabeza sobre su hombro. Lo que sentía era demasiado poderoso para hacer nada excepto disfrutar el momento.

Capítulo 9

Lia

Dos días después me encontré preguntándome cómo era posible que nunca me hubiera enterado de que Zeke era, en realidad, un chico romántico. No me agobiaba con un encanto exagerado, sensiblero, fingido y desmesurado, como hizo Stuart al principio. Zeke era romántico en el sentido de querer que recordaras un día o una experiencia, de tal manera que conmovía mi corazón porque su atención era auténtica.

—Me encanta. Gracias —musité apretando el colgante que acababa de ponerme al cuello, un delicado medallón tallado en oro blanco e inspirado en el calendario maya para recordarme las ruinas que habíamos explorado durante todo el día—. ¿Te das cuenta de que me estás malcriando? Acababas de regalarme el par de pendientes más bonito que he tenido nunca por mi cumpleaños.

Me volví, lo rodeé con mis brazos y le di un abrazo. Llevaba los preciosos pendientes y no me los había quitado desde que me los regaló justo antes de llevarme a una cena increíble para celebrar mi cumpleaños . No estaba segura de querer quitármelos nunca. Primero: me encantaban. Eran unos diamantes con tuerca rodeados por un hermoso halo de brillantes. Segundo: debían de haberle costado una fortuna, y no quería perderlos. Tenían una tuerca de seguridad muy buena, así que me sentía más cómoda llevando los varios kilates de diamantes en las orejas, en lugar de arriesgarme a que se perdieran o me los robaran.

—Ya es hora de deshacerse de esos pendientes práctica, ¿no te parece? Y no te vendría mal que te mimen un poco. Solo son unos regalitos, Lia —me dijo con un barítono divertido al oído. Me alzó en volandas y me hizo girar antes de volver a dejarme en el suelo.

Suspiré felizmente cuando mis pies tocaron tierra firme.

—¡Muérdete la lengua! —lo reprendí—. Esos «pendientes de práctica» son mis favoritos desde hace siete años y estoy pensando en hacerme un segundo agujero para poder llevarlos encima de estos. —Me llevé los dedos a los lóbulos de las orejas, como había hecho unas cien veces los últimos días, solo para asegurarme de que los nuevos pendientes seguían en su sitio.

Los pendientes de práctica a los que se refería Zeke eran un par de diamantes con tuerca, pequeños y delicados, que él me había regalado por mi veintiún cumpleaños. Incluso aquellos eran un regalo bastante costoso para una amiga por cumplir los veintiuno, pero los atesoraba desde el día en que Zeke me los había regalado.

Él hizo una mueca cuando yo di un paso atrás.

—Entonces, ¿qué pasará cuando te compre el siguiente par? ¿O los cinco siguientes? Creo que te quedarás sin espacio para agujerear.

Yo sacudí la cabeza.

—No lo hagas. Dos son más que suficientes. Ya has gastado demasiado en la boda, la luna de miel, mi bonito anillo y las joyas. Nada de regalos durante al menos cinco años.

—¿Sí? No lo creo, gominola. Vamos a tener que negociar eso.

Sonreí apoyándome contra la encimera de la pequeña cocina de la *suite* y lo observé desatándose las botas de senderismo. Había desatado las mías y me las había quitado antes de darme el collar.

—Ya veremos. Ahora mismo, soy bastante firme sobre esos cinco años de espera —respondí.

—De acuerdo —respondió contento y complaciente—. Te avisaré mañana para las negociaciones.

Yo solté un bufido.

—¡Listillo!

Él volvió la cabeza y me lanzó una sonrisa.

—Sabes que me quieres de todas maneras.

Sabía que él no esperaba realmente que respondiera después de hacer aquella afirmación. Zeke y yo nunca hablábamos en serio cuando decíamos que nos queríamos. De acuerdo, tal vez cuando éramos más jóvenes lo habíamos dicho como amigos, pero no desde… «Mi veintiún cumpleaños». Ahora que lo pensaba, desde entonces tampoco me había regalado nada tan personal como esos pendientes adorables, aunque todos los regalos después de aquel habían sido extremadamente detallistas.

Zeke siempre había sido generoso a la hora de cumpleaños, fiestas y otras ocasiones especiales, pero en la última semana había pasado de ser generoso a estar completamente loco. ¡Tenía que parar!

Jugueteé con el collar que acababa de regalarme y luego envolví el colgante con la mano. Para él, el collar que me había dado hacía un momento solo era un recuerdo de nuestra salida de aquel día. Para mí, siempre sería un recordatorio de cómo era estar con un hombre que daba de corazón, sin expectativas y que disfrutaba de estar conmigo.

—Estoy hambriento —me dijo Zeke después de quitarse las botas de senderismo—. Espero que el servicio de habitaciones llegue pronto.

—Dijeron cuarenta minutos. —Yo había hecho la comanda en cuanto entramos por la puerta, porque ambos nos moríamos de hambre—. No tardarán.

Lo observé mientras iba a la nevera, sacaba una cerveza para él y me entregaba un botellín de sangría y luego dejaba caer una bolsa con algo que no logré identificar en la encimera de la cocina.

—Dejaré esto aquí por si quieres más tarde —me dijo cerrando la puerta del frigorífico.

Yo me apoyé contra su cuerpo inmenso.

—¡Gominolas Jelly Belly de cócteles clásicos! Esa bolsa es enorme. Me encantan, pero no las encuentro a menudo a menos que vaya a una tienda con una selección más amplia. ¿Dónde las encontraste?

Él se encogió de hombros.

—Las pedí e hice que me las trajeran. Deben de haber llegado hoy. Creo que tienes que recuperar el tiempo perdido si te privaste durante un año o más.

Yo ladeé la cabeza y evalué la expresión de Zeke. No había humor en su voz ni picardía en su mirada. Asegurarse de que tenía lo suficiente de algo que me gustaba pero a lo que había renunciado durante mucho tiempo era, evidentemente, algo que se tomaba muy en serio.

«No llores. No llores. No llores», me dije. Sería tonto llorar por unas gominolas, ¿verdad? Por otra parte, no sería berrear por las chucherías. En ese momento estaban a punto de escapárseme las lágrimas porque Zeke se había sentido obligado a hacer que se las enviaran allí solo para hacerme feliz. Dios, ¿hacía cuánto tiempo desde que a un chico le importaban una mierda mis deseos o necesidades? No le provoqué ni hice bromas porque no quería que pensara que daría por hecho algo tan considerado.

Él guardó en silencio mientras caminaba hacia la sala de estar y se sentaba en el sofá. Yo me senté al otro lado del sofá y dije:

—Como no tomo esos sabores a menudo, no los asocio con ninguna emoción ni sentimiento en concreto —le informé—. Así que, creo que a partir de ahora, cualquiera de los cinco sabores de cócteles clásicos me recordará a ti y lo feliz que soy ahora mismo.

Sus ojos examinaron mi rostro.

—¿Eres feliz, Lia?

—Sí. No tienes idea de cuánto. —Di un trago a mi bebida, la dejé sobre la mesilla de café y me acerqué más a Zeke hasta acurrucarme a su lado—. ¿Quieres ser mi daiquiri de fresa y mi piña colada? —bromeé.

Él dejó su cerveza en la mesilla contigua, me rodeó la cintura con sus fuertes brazos y me atrajo lo más cerca que pudo.

—Claro que sí. Seré el cóctel que quieras si eres feliz y te quedas exactamente donde estás.

Yo apoyé la cabeza en su pecho, saboreando su calor, su embriagador aroma masculino y la pura felicidad de estar tan cerca de él.

—Eres el hombre más increíble que he conocido en toda mi vida —le dije con sinceridad—. No tengo ni idea de por qué no te ha atrapado ninguna afortunada todavía, Zeke. Eres genuino. El paquete completo. ¿Cómo has conseguido seguir soltero cuando eres básicamente el hombre de ensueño de toda mujer?

Él me acarició el pelo lentamente mientras decía con voz áspera:

—Dudo mucho que sea el hombre de ensueño de toda mujer y puede que siga soltero porque estuviera esperándote, Lia.

Yo suspiré, deseando que esa fuera la verdad. Los últimos días habían sido mágicos, todo lo que una pareja podría desear de una luna de miel. Bueno, excepto por el sexo. Zeke era atento y cariñoso, pero no había presionado para hacer nada más de lo que yo quisiera darle. Lo cierto era que yo quería dárselo todo, pero sabía que eso era peligroso. «Se supone que esta relación nueva ni siquiera va a ser permanente, lo cual me aterra».

Cada momento que pasaba tan cerca de Zeke era un cielo y un infierno. Me hacía feliz, pero estaba aterrorizada de lo que pasaría cuando se terminase. Cada caricia, cada roce de nuestros cuerpos me hacía desear suplicarle que se acostara conmigo, pero últimamente había estado pensando mucho en el rechazo de hacía tanto tiempo en mi veintiún cumpleaños. No estaba segura de por qué, pero aún veía la mirada en su rostro cuando me dijo que no me deseaba.

Zeke no era de los que juegan, ¿cuándo había cambiado eso? Yo ya no sentía que las cosas fueran una simulación. Ambos queríamos más y yo estaba convencida de que a Zeke le gustaría explorar algo más íntimo. Y yo realmente quería saber cómo sería estar con él. Quería la experiencia sin el riesgo, pero las dos iban de la mano al tratarse de Zeke.

—Gracias por hoy —dije en voz baja.

—¿Ha sido la experiencia que esperabas que fuera? —preguntó él.

Yo sonreí.

—Lo ha sido. No puedo explicarlo, pero casi podía sentir las almas de los mayas allí, ¿Es raro?

Él negó con la cabeza.

—No. Yo sentía lo mismo. Tal vez porque nunca sabremos realmente lo que les pasó. Mucha gente tiene teorías, pero sigue siendo un misterio. Quizás por eso son lugares tan cautivadores.

—Creo que tienes razón. Entonces, ¿qué programado para mañana?

—Lo que tú quieras. Es tu tiempo, gominola.

Yo levanté la cabeza para mirarlo.

—Quiero que tú también lo disfrutes. Las ruinas eran algo que quería explorar.

—Tengo que hacerte una confesión —respondió en un barítono sincero e hipnotizante—. No habrá mucho que no me guste si estamos juntos.

Me derretí por el calor de sus ojos y tragué saliva. «¡Ay, Diosito!». ¿Me acostumbraría algún día a la manera en que Zeke me miraba como si quisiera devorarme entera?

—Estoy dispuesta a hacer prácticamente cualquier cosa.

—Hay una excursión en catamarán que quería reservar para que podamos hacer *snorkel*.

—Me encantaría. —Sinceramente, a mí también me parecía bien hacer cualquier cosa con Zeke, pero la idea de ir al agua era bastante atractiva.

Él asintió.

—Nos apuntaré. Y luego podemos ir al centro. Me han dado otro consejo sobre dónde podemos encontrar más comida mexicana auténtica.

—¡Vendida! —dije con una risotada ridícula que no pude contener—. Me habías convencido al decir *snorkel*, pero creo que sabías que comida mexicana auténtica iba a cerrar el trato sin duda.

Vi cambiar su expresión, que se volvió más pensativa mientras él me miraba atentamente.

—¿Sabes lo bien que suena oírte reír de verdad, Lia?

—¿De verdad he estado tan mal? —pregunté, a sabiendas de que no había sido la misma persona durante el pasado año o dos.

¿Había perdido completamente la capacidad de encontrarle la alegría a la vida? Era miserable con Stuart y las dinámicas de la relación me habían cambiado. De alguna manera, había olvidado lo que sentía al estar con alguien que me aceptaba sin criticarme, sin juzgar todo lo que hacía.

—Te ves más feliz —comentó Zeke con una mirada inquisitiva.

Era más feliz, simplemente porque estaba con él.

—Siempre estábamos así cuando éramos más jóvenes. Supongo que olvidé cómo era divertirse y relajarse.

—Eso no volverá a ocurrir. Estaré ahí para recordártelo.

Suspiré. No más Stuart. No más desprecios ni sarcasmo constantes. No más de la exigente madre de mi prometido que nunca me consideró lo bastante buena para su hijo. No más miedo. No más inseguridad paralizante. En retrospectiva, finalmente empezaba a ver lo malas que habían sido las cosas de verdad. Solo deseé haber entrado antes en razón.

—Estuve a punto de casarme con él —susurré con voz horrorizada—. ¿En qué estaba pensando, Zeke? ¿Estaba tan desesperada por amor que estaba dispuesta a cambiar completamente para hacer que las cosas funcionaran con él? ¿Estaba dispuesta a renunciar a mí misma para complacerlo?

Zeke me abrazó más fuerte.

—Era un experto manipulador, Lia. Por Dios, no te culpes. Lo superarás. Solo necesitas tiempo.

Nos sostuvimos la mirada mientras yo decía:

—Ya no estoy enamorada de él, Zeke. No estoy segura de haberlo estado nunca. No necesito superarlo. Necesito superar el hecho de que me engañara tan bien. Tengo que comprender qué demonios me pasa.

—No te pasa nada —respondió Zeke con voz áspera—. Es su problema, no el tuyo. Simplemente te pilló cuando eras vulnerable.

Yo quería creer lo que decía Zeke, pero en el fondo sabía que mucho de lo que había sucedido con Stuart era culpa mía.

—Pero debería haber sido lo bastante fuerte para no dejarme pisotear. Le permití que me distanciara de mis amigos, incluso de ti. Apenas nos hemos visto en los dos últimos años si no tenía algo que ver con la cafetería.

Yo ni siquiera sabía qué había ocurrido en la vida de Zeke realmente. Se me había pasado por completo el hecho de que había roto con Angelique y mi relación con él había sido casi superficial durante el tiempo en que estuve con Stuart. Eso dolía, teniendo en cuenta todo lo que Zeke y yo habíamos sido el uno para el otro a lo largo de los años.

—Creo que yo también tengo parte de culpa por eso —dijo Zeke, con bastante remordimiento en sus hermosos ojos—. No quería verte con Stuart, así que básicamente evitaba encontrarnos fuera de Indulgent Brews. Era más fácil verte solo a ti en la tienda.

Yo fruncí el ceño.

—¿Por qué?

—Porque él tenía algo que yo quería —dijo Zeke con voz ronca.

Yo levanté una ceja, confundida. Zeke era un hombre de unas cualidades con las que Stuart nunca podría soñar.

—¿Qué tenía Stuart que tú no tengas?

—Te tenía a ti, Lia —respondió con tono áspero y crudo.

Me dolió en el alma al ver la expresión tensa en su rostro. Nunca había visto a Zeke tan serio.

—Dios, desearía que pudiéramos haber hablado —dije a toda prisa.

Él, frustrado, se mesó el pelo con una mano.

—¡Joder! Debería haberte dicho que envidiaba lo que le estabas dando a un tipo que no te merecía —replicó él.

«¿Es posible que Zeke Conner realmente estuviera celoso de Stuart?», me pregunté. De inmediato, aparté la pregunta de mi mente, segura de que solo se refería a que había extrañado nuestro tiempo juntos. Yo lo entendía, porque también le había echado de menos.

—Nada de esto fue culpa tuya, de ninguna manera, Zeke. Yo quería fingir que todo era fantástico con Stuart. Al principio de mi relación con él, me convencí de que era el hombre adecuado. Pero nunca lo fue. Conoces mis inseguridades mejor que nadie y nunca has intentado aprovecharte de ellas. Supongo que me resultaba incomprensible que otra persona las usara para manipularme. Fui una idiota.

—Nadie a quien le importes realmente debería jugar a esos juegos mentales contigo, Lia.

—Stuart lo hizo —respondí, resignada ante el hecho de que yo había permitido que lo hiciera—. Me hacía sentir muy pequeña e imperfecta, Zeke, y al principio les dio la vuelta a las cosas sutilmente, así que no reconocí lo que estaba haciendo. Pero, al final, se había metido hasta tal punto en mi cabeza que me consideraba afortunada por tenerlo. Creía que todo lo que salía mal era culpa mía. Dios, incluso me odiaba porque no podía satisfacerlo sexualmente. —Tomé una bocanada profunda e irregular, las emociones tan a flor de piel que parecía incapaz de evitar hablar sin parar sobre ellas—. Para ser sincera, aunque no he tenido muchas relaciones sexuales, nunca he sido suficiente para ningún chico. El sexo nunca ha sido algo importante para mí, así que tal vez ese aspecto fuera culpa mía.

Zeke alzó una ceja.

—¿Hablas en serio? Por favor, dime que no te crees esa mierda.

Yo asentí con firmeza. Puede que nuestra vida sexual fuera el único tema del que Zeke y yo nunca hablábamos, pero había llegado demasiado lejos para detenerme ahora.

—Algo anda mal conmigo, Zeke. Nunca he disfrutado realmente de nada íntimo. O puede que sea mi estúpido trasero redondo.

—¡Por Dios, Lia! —me interrumpió Zeke con voz ronca—. No hay absolutamente nada de tu cuerpo que no sea completamente deseable. De hecho, todas y cada una de tus preciosas curvas llevan años poniéndome el pene más duro que una roca. ¿Se te ha pasado por esa linda cabecita tuya la idea de que tus parejas anteriores daban asco?

Me estremecí cuando a Zeke se le dilataron las fosas nasales y se le estrecharon los ojos mientras me clavaba una mirada furiosa.

—He estado con tres chicos, incluido Stuart —confesé, sincerándome fácilmente con el hombre que había permanecido a mi lado en casi todos los acontecimientos traumáticos de mi vida—. Y, no, no se me había ocurrido. Uno chico o dos, tal vez, pero después del tercero, tengo que suponer que soy yo.

Zeke era mi mejor amigo. ¿Por qué nunca me había abierto a él? ¿Se debía a que me había sentido demasiado humillada como para reconocerle a un amigo con su cuerpazo que yo era un desastre sexual? ¿O acaso nunca había hablado del tema porque no quería oír hablar de su vida sexual?

—No llego al orgasmo. Dios, ni siquiera lo disfruto —reconocí.

—¿Nunca? —preguntó él en tono áspero.

—Ni una sola vez mientras estaba con alguien —reconocí. Demonios, había ido demasiado lejos con aquella confesión como para contenerme ahora.

—Pero ¿puedes llegar sola? —preguntó. Un músculo de su mandíbula firme se crispó y su mirada no se desvió de mi rostro ni un momento.

—Sí —respondí sinceramente.

Observé cómo Zeke cerraba los ojos y dejaba caer la cabeza hasta que golpeó la pared tras el sofá con un fuerte pum. No estaba segura, pero el sonido que liberó justo antes de que su cabeza golpeara la dura superficie sonaba sospechosamente como un gruñido profundo y atormentado. Se quedó completamente callado tras golpear con el cráneo la pared a su espalda, y dejó los ojos cerrados. Veía su pecho subir y bajar rápidamente cada vez que respiraba.

—Zeke, ¿estás bien? —inquirí, ligeramente alarmada de que se hubiera hecho daño.

De pronto se le abrieron los ojos y me atravesó con una mirada penetrante de ojos azules que nunca había visto. Su mirada fulminante era tan intensa que hizo que el corazón me batiera contra el pecho.

—Nada te pasa nada, Lia, joder. Nada ha ido mal contigo nunca. Nada irá mal nunca—carraspeó.

Zeke siempre había sido protector. Cierto, nunca se había mostrado tan feroz al protegerme de ser tan autocrítica. Aunque mi autoconfianza tampoco había estado tan echada a perder. Me dolió el alma al reconocer que Zeke siempre había estado ahí, que si hubiera acudido a él como mi mejor amigo, él no habría dudado en alejarme de un hombre que se estuviera metiendo en mi cabeza.

—No —respondió Zeke en tono de advertencia—. No empieces a fustigarte porque no lo viste mientras pasaba.

Dios, a veces Zeke me conocía tan bien que era casi desconcertante, porque había estado a punto de autocriticarme por ser una idiota. Me crucé de brazos mientras lo miraba.

—Entonces, ¿cómo quieres que me perdone a mí misma por haber estado a punto de casarme con el mayor imbécil del Estado de Washington? —pregunté levantando una ceja.

Una sonrisa apareció lentamente en su rostro antes de que sugiriera:

—¿Recuérdate que al final fuiste lo bastante inteligente como para casarte con un hombre que es mejor para ti?

Solté una carcajada ahogada de sorpresa cuando se aligeró la tensión en la habitación. Cuando me recuperé, le devolví la provocación arrastrando las palabras:

—Zeke Conner, tú eres mucho más que un hombre mejor. Eres la fantasía de toda mujer. No hay una mujer en el mundo que no pudieras conseguir si la desearas.

Observé cómo se estrechaban sus ojos antes de que respondiera con voz grave:

—Sí, bueno, hay un problema con esa teoría, porque solo hay una mujer con la que yo fantaseo y no está precisamente impaciente por reivindicarme, aunque esté casada conmigo.

El corazón empezó a latirme tan fuerte que me retumbaba el pulso en los oídos cuando respondí, intentando mantener la voz desenfadada al decir:

—Puede que se muera de ganas de hacerlo, pero tema que su nuevo marido quede totalmente decepcionado.

—Entonces, quizás esté delirando, pero su marido espera sinceramente que solo sea algo temporal —farfulló él.

Llamaron fuerte a la puerta antes de que yo pudiera responderle. No estaba segura de si me sentía aliviada o decepcionada cuando él se levantó y fue hasta la puerta a recoger la cena.

Zeke

«No debería haberle preguntado si podía llegar al orgasmo sola», me dije jadeante como si acabara de correr una maratón, con la mano aún rodeándome el miembro que rápidamente se desinflaba después de masturbarme con fantasías de los gemidos de placer de Lia al llegar sola al clímax.

—¡Dios! Soy patético —me dije a mí mismo en voz alta mientras me apoyaba contra los azulejos de la ducha, intentando recobrar el aliento con todas mis fuerzas mientras dejaba que el agua caliente me resbalara por el cuerpo.

Había estado a punto de perder el control cuando Lia reconoció que podía complacerse sola, y evidentemente lo hacía, aunque ningún hombre lo hubiera hecho por ella. «¡Joder!».

No había tocado a Lia de manera plenamente sexual desde aquel primer día en que salimos corriendo al mar desde la arena. Dios sabía que quería hacerlo, pero cuanto más veía lo vulnerable que la había dejado Stuart, menos quería apresurar nada. Vale. Sí. Mi cuerpo quería que llevara la seducción a toda velocidad, pero mi cabeza y mi corazón estaban manteniendo el pene a raya. Ojalá hubiera prestado más atención a qué le estaba haciendo Stuart a Lia exactamente. El cabrón la había dejado completamente jodida, hasta el punto de que ella ya no estaba segura si había nada digno de amor en ella.

Me enojaba que hubiera podido percatarse de sus inseguridades lo bastante bien como para hacerla sentirse como si no fuera nada. Lia era especial. Demonios, lo era todo. Yo sabía que tenía que darle tiempo para darse cuenta de que todos los problemas eran de Stuart. Ella era demasiado inteligente como para no poder interiorizar esa verdad además de admitirla.

—Tienes que ser paciente, Conner —refunfuñé para mí mismo mientras me lavaba—. Si necesita que solo seas su puñetero amigo, selo. Lia es mucho más para ti que una noche de sexo.

Golpeé el grifo de la ducha, cerrándolo con mucha más fuerza de la necesaria porque estaba enojado. No con Lia, sino conmigo mismo. Yo no era la clase de hombre que dejaba que mi pene pensara por mí, ni siquiera cuando era un adolescente salido y hormonal. Entonces, ¿por qué demonios me resultaba tan duro —sin juegos de palabras— pensar racionalmente cuando se trataba de Lia?

—Porque quieres más que su cuerpo —farfullé, respondiendo mi propia pregunta mientras salía de la ducha—. Reconócelo, Conner: lo quieres todo de Lia y no hay garantías de que pueda o quiera dártelo a ti solo porque aceptara casarse contigo.

Agarré una toalla y me sequé el cuerpo distraídamente, incapaz de dejar de torturarme por toda la mierda que Stuart había hecho creer a Lia con sus manipulaciones.

Si no fuera tan condenadamente trágico, me habría reído a carcajadas de su suposición de que le faltaba pasión. «¿En serio? ¿A Lia?», pensé. No había otra persona sobre la faz de la Tierra, hombre o mujer, que se dedicase a su vida y a la gente a la que quería con tanto entusiasmo como ella. La mujer no hacía nada con desánimo. Así que no me cabía duda de que si algún día encontraba a un hombre al que le importara su placer, un tipo en el que pudiera confiar, también estaría fuera de control en el dormitorio.

«De acuerdo, a la mierda todo eso de que encontrar a un tipo al que le importara su placer. Ya tenía uno y yo planeaba ser ese tipo.

Tarde o temprano», me dije. En cuanto lograse convencer a Lia de que no tenía intención de ser su novio temporal. Había dejado de fingir que me parecía bien dejarla marchar si eso significaba que ella podría encontrar la felicidad con otro que no fuera yo. En mi cabeza, Lia ya había salido con bastantes idiotas que no la valoraban.

Por fin, tras años de solo ser su mejor amigo, era mi maldito turno, y no pensaba echar a perder la oportunidad de hacer mía a Lia. Si eso me convertía en un capullo, no me importaba una mierda, porque a nadie le importaba la felicidad de Lia más que a mí.

—Si desea el amor tan desesperadamente, esta vez tendrá que aceptar el mío —carraspeé airadamente mientras me envolvía la cintura con la toalla—. Dios sabe que estoy tan loco por ella que mi amor no solo la satisfaría. Joder, si de veras decide que lo quiere todo, me temo que la agobiaría.

Había intentado enterrar esas emociones durante tanto tiempo que no estaba totalmente seguro de qué demonios ocurriría si simplemente renunciase a reprimir lo que realmente sentía por Lia. «¡Joder!». Lia no estaba preparada para eso. Todavía no. Anduve de un lado a otro del dormitorio inquiero, obligándome a pensar como amigo con respecto a Lia, como siempre. Por ahora, eso era lo que realmente necesitaba ella.

Lia se había ido pronto a la cama porque teníamos una excursión de *snorkel* programada por la mañana. Pero yo sabía que no iba a poder dormir en toda la noche. Estaba demasiado alterado. Fui a la pequeña cocina de la *suite* y saqué una cerveza de la nevera. Me la bebí de unos tragos, tiré la botella, tomé una segunda y le quité el tapón.

—¿Zeke? —llamó suavemente la voz adormilada de Lia, haciéndome dudar antes de empezar la segunda cerveza.

Me volví hacia ese sonido irresistible y la vi de pie en la puerta de la cocina.

—¿No puedes dormir? Yo tampoco podía dormir —musitó descontenta mientras caminaba hacia mí.

Mis ojos la siguieron. Reconocía los pantalones cortos rojos y blancos y la camiseta de tirantes a juego que llevaba. Yo los había empacado. Lia y yo habíamos sido amigos el tiempo suficiente como para saber qué prefería ponerse para dormir, aunque nunca hubiéramos compartido cama.

—¿Estás bien? —pregunté.

Ella sacó una sangría de la nevera e intentó quitarle el tapón. Cuando vi que le costaba, agarré la botella, le quité el tapón y se la devolví. Lia se veía adorable adormilada, su precioso cabello rubio revuelto, como si hubiera estado dando vueltas en la cama.

Se sentó de un salto en la encimera de la cocina y luego sus ojos recorrieron mi cuerpo envuelto en la toalla atrevidamente, un gesto que me puso el pene duro casi al instante. «¡Maldita sea!», pensé. Quería que me deseara, pero en cuanto hacía cualquier cosa que indicara remotamente que podría estar teniendo pensamientos sucios sobre mí, me costaba horrores no explorar la posibilidad.

—Creo que estoy bien —respondió; luego tragó un poco de la bebida antes de proseguir—: Esta vez he metido bien la pata, ¿no, Zeke? Dios, casi arruino toda mi vida. No estoy fustigándome exactamente, pero no entiendo por qué dejé que durase tanto tiempo.

Su tono melancólico y la tristeza en sus ojos estuvieron a punto de llevarme al límite.

—No es culpa tuya —espeté—. Y saliste de esa situación antes de casarte con él. —En tono más amable, añadí—: Sé que estás intentando encontrar una explicación más racional, pero tarde o temprano tendrás que perdonarte y seguir adelante. Eras vulnerable y Stuart es un cabrón retorcido. Creo que gran parte de ello se debió al momento.

Ella asintió ausente, pero siguió hablando pensativa:

—Creo que estaba buscando algo y que lo deseaba tanto que ignoré todas las señales de alarma. No soy una estúpida, Zeke, y desde luego no soy ingenua. Joder, no sé, puede que fuera el momento. Tal vez solo fuera vulnerable. La abuela Esther era lo único que me quedaba. Quizás pensara que Stuart me proporcionaba estabilidad cuando sentía que iba a la deriva y estaba muerta por dentro. ¿De verdad creía que era la persona a la que amaba y que nunca me abandonaría?

Ver la expresión atormentada y confusa en su rostro mientras luchaba para comprender por qué había cometido ese error me desgarró completamente.

Yo lo entendía. Estuve allí cuando perdió a Esther. La había abrazado, deseando poder absorber su dolor mientras cada uno de sus sollozos atormentados me atravesaban el corazón con una estaca. Sabiéndolo, habiendo experimentado esa pérdida con ella, ¿cómo pudo convencerme poco después del funeral de que estaba bien?

«Ah, sí, es verdad», me dije. No lo había hecho. Fui yo quien se alejó de ella porque conoció a Stuart y yo estaba demasiado ocupado lamiéndome las heridas de que Lia hubiera empezado a salir con alguien antes de que yo tuviera la oportunidad de decirle lo que sentía realmente. A pesar de haberlo hecho sin ser consciente de ello, yo solo había sido otra persona más a la que le importaba que no se quedó a su lado. Tal vez no físicamente, sino emocionalmente. Me desentendí de nuestra amistad en cuanto conoció a Stuart.

Ahora comprendía lo que ella anhelaba y por qué había estado tan dispuesta a aferrarse a él. «¡Joder!», pensé airado. Era el único que estaba disponible y ella no tenía ni idea de que era un mentiroso. ¿De veras podía culparla por creerse sus mentiras en un momento de su vida en que estaba totalmente indefensa y expuesta? Primero la dejaron sus padres y, después, la única otra persona que la había querido como una madre también falleció. Sí, su mente racional entendía que ninguno de ellos la había abandonado voluntariamente, pero seamos sinceros, la cabeza y el corazón no siempre se comunican.

Dejé mi botella en la encimera y me situé entre sus piernas. Tomé su botella de su mano y la coloqué en la encimera junto a la mía antes de poner las manos en sus caderas. Dejé caer mi frente sobre su hombro; el corazón, el cuerpo y el alma tan llenos de pena y remordimiento que casi me atragantaban.

—Siento muchísimo no haber estado ahí para ti, Lia. No sé qué habría hecho sin ti cuando murió mi padre y nunca hubo un momento en que tú no estuvieras ahí conmigo entonces. Necesitabas mucho más de mí de lo que recibiste después de que muriera Esther y, en lugar de estar ahí para ti, simplemente me desentendí.

Ella me abrazó y apretó.

—Yo tampoco estuve ahí contigo —dijo ella con un suspiro—. Yo también soy culpable de dejar que nos distanciásemos. En retrospectiva, debería haber luchado por mantenerte a mi lado porque eras la persona en quien confiaba, pero parecía más fácil evitar cualquier confrontación sobre Stuart. Ahora, aquí estás, temporalmente atrapado conmigo por esposa solo por ser el único al que siempre le importé y ya no sé qué hacer. —Terminó a toda prisa, la confusión y el dolor resonando en su voz.

«¡Solo ámame! Veme, Lia», dije para mis adentros. No podía hacer esa sugerencia en voz alta en ese preciso instante, pero estaba impaciente por decirlo. «¡Que se joda Stuart! ¡Que se joda el pasado! ¡Que se jodan los remordimientos! A la mierda todo y todos».

Aquello era sobre nosotros, ella y yo, y todo lo que deberíamos haber sido el uno para el otro años atrás. Para mí nunca había habido nadie más excepto ella en realidad. Aunque tenía demasiado miedo de perderla completamente, así que utilicé cualquier excusa que se me ocurriera para no decirle lo que sentía. Seguí inventándome excusas de mierda hasta que ya no pude más. Hasta el día en que estuvo a punto de casarse con un imbécil por mi silencio. Levanté la cabeza bruscamente y le sostuve la mirada mientras apretaba sus caderas con más fuerza.

—Dame una oportunidad, Lia. Danos una oportunidad. Después de todo lo que hemos pasado juntos, ¿no crees que nos debemos eso el uno al otro? No espero que superes todo lo ocurrido con Stuart de la noche a la mañana. Solo te pido que intentes verme como algo más que un amigo. Ahora sé que esta atracción es mutua.

Casi me arrepentí de mis palabras al ver los bonitos ojos verdes de Lia llenarse de lágrimas. Se mordisqueó el labio inferior con nerviosismo y después sacudió ligeramente la cabeza mientras repetía:

—Todavía no sé qué hacer.

Me dolía en el alma ver a mi Lia tan indecisa. No era propio de ella. La Lia que conocía rara vez dudaba lo que quería y tardé unos segundos en darme cuenta de que, aunque Stuart había salido de su vida, algunas inseguridades de Lia aún resistían. No era como si no supiera que la obstinación y la fuerza de Lia no saldrían triunfantes al final, pero, de entrada, me daba dolor de estómago que Stuart hubiera podido aplastar su espíritu.

—¿Qué quieres hacer? —Me distraía la sensación de su cuerpo suave apoyado contra el mío, y estuve a punto de gemir cuando ella enredó los dedos en mi pelo, vacilante.

—Ahora mismo, solo quiero estar contigo —dijo en voz baja—. No entiendo muy bien qué está pasando exactamente, pero te deseo, Zeke. Solo… tengo miedo.

Todos los instintos protectores, posesivos y descontrolados que había enterrado cuando se trataba de Lia intentaron liberarse con todas sus fuerzas, pero los aplasté. Ese momento era demasiado importante como para fastidiarlo ahora.

—Solo soy yo, Lia. Nos conocemos desde hace mucho tiempo. ¿No sabes que nunca debes tenerme miedo?

—No te tengo miedo. Tengo miedo de lo que siento ahora mismo, y lo último que quiero es que te decepciones. ¿Qué pasa si intentamos cambiar toda nuestra relación y no funciona? ¿Qué pasa si perdemos nuestra amistad por ello? Lo odiaba cuando no hablábamos. No quiero volver a pasar por eso.

—Lia, tú nunca podrías decepcionarme. Jamás. —Las palabras salieron de mi boca en un gruñido grave. Yo no era Stuart—. ¿Cuándo ha sido condicional nuestra relación?

Ella sacudió la cabeza lentamente.

—No lo ha sido. Lo siento. No debería haber dicho eso —respondió mientras una lágrima le caía a la mejilla.

Le sequé la gota con el pulgar y alcé su mentón.

—Mírame, Lia —dije engatusándola, consciente de que si no presionaba por lo que quería ahora mismo, ella se echaría atrás. Sabía que lo haría porque lo había hecho yo mismo demasiadas veces como para no entender el instinto de retirarse en lugar de arriesgarse.

Estreché el abrazo en torno a su cintura y esperé hasta que finalmente alzó la mirada para encontrarse de lleno con la mía.

—Tenemos que estar seguros, Zeke —dijo con cautela—. No estoy segura de que podamos volver atrás si lo cambiamos todo.

—No voy a cambiar de opinión, cariño —le advertí—. Llevo demasiado tiempo deseándote.

Mi sonrisa se ensanchó cuando Lia se inclinó hacia atrás y me hincó el dedo índice en el pecho atrevidamente.

—No te atrevas a lanzarme esa maldita sonrisa que me derrite la ropa interior y dime que no tienes reservas, Zeke Conner. Lo digo en serio. Una decisión apresurada podría cambiarlo todo entre nosotros durante el resto de nuestras vidas.

Sentí que su determinación despertaba, aunque su expresión feroz permaneció inalterable.

—Dios, eso espero, Lia —le gruñí al oído mientras estrechaba su cuerpo contra el mío—. Si no puedo meterte el pene en este precioso cuerpo tuyo pronto, creo que voy a perder la cabeza completamente.

—Creía que solo decías que me deseabas para ayudarme a cobrar mi herencia —anunció sorprendida.

Yo me encogí de hombros.

—Quería ayudarte, pero también decía en serio cada palabra que pronuncié cuando te pedí que te casaras conmigo. Dios, mujer, ¿no reconoces a un tipo desesperado cuando lo ves?

Mi miembro se crispó cuando ella se lamió el labio superior.

—Creo que no. Tal vez porque nunca he visto a ninguno mirarme como lo estás haciendo tú ahora.

—Entonces no has estado prestando atención —dije en tono arisco—. Llevo mucho tiempo mirándote así, Lia. Pero nunca te percataste. Di una palabra y te llevaré a la cama en un abrir y cerrar de ojos. Y te garantizo que te haré venirte hasta que supliques clemencia.

Se le cortó la respiración mientras examinaba mi rostro.

—No sabes lo que estás diciendo —contestó sin aliento.

Yo subí una mano por su columna despacio y después acaricié con delicadeza la piel sensible de su nuca, saboreando cada segundo de deseo que fulguraba en sus ojos esmeralda antes de contestar.

—Lia, no se trata de que no puedas disfrutar plenamente del sexo. Simplemente, aún no lo has hecho. Di una palabra, y haré que suceda.

Quería besar a Lia más que el aire que respiraba, pero como también esperaba ansiosamente que hablara, me conformé con probar la suave piel de su cuello.

—Zeke —musitó en voz baja a medida que dejaba caer la cabeza, dándome acceso a cualquier parte de su piel que quisiera explorar.

Esa confianza y la evidente señal de que quería mucho más de lo que estaba recibiendo estuvieron a punto de desatarme. Hacía tanto tiempo que quería tocar así a Lia que me corroían las entrañas constantemente, sin cesar.

—Di la maldita palabra —exigí con todos los músculos tensos mientras apoyaba los labios en su oreja y los dejaba inmóviles.

Ella permaneció un momento en silencio antes de susurrar finalmente:

—Palabra.

Toda la tensión abandonó mi cuerpo cuando dije con voz ronca:

—Nunca te arrepentirás de haber dicho eso, Lia.

Antes de que pudiera pronunciar otra palabra, la levanté, mis manos agarrando su precioso trasero con firmeza. A ella no lo quedó más elección que rodear mi cuerpo con sus piernas torneadas mientras la llevaba en volandas a mi dormitorio antes de que cambiara de opinión.

Lia

Todos los pensamientos negativos se esfumaron de mi mente mientras yo presionaba mi cuerpo contra el de Zeke. Los reemplazaron el calor, el deseo y la expectación, que eran cosas mucho más placenteras en las que concentrarse en ese momento.

Llevaba tumbada en la cama durante más de una hora antes de levantarme finalmente y encontrar a la razón de mi desvelo en la cocina. Negar mi atracción por él no estaba funcionándome, sin duda. De hecho, la manera en que mi cuerpo reaccionaba a Zeke por un solo roce era algo que nunca había experimentado, y me sentía tan tentada de explorar esa atracción que el impulso era básicamente irresistible. Tal vez él tenía razón. Quizás yo no fuera un desastre sexual realmente. Puede que solo lo necesitara a él.

Finalmente me levanté de la cama para intentar encontrar algo que me hiciera dormir. «¡Ja!». Cuando vi al hombre más atractivo del mundo ataviado con solo una toalla, dormir era lo último que tenía en la cabeza. «Deja que pase», me dije. Me relajé cuando él me bajó y mis pies tocaron el suelo del dormitorio, pero mantuve los brazos en torno a él como si tuviera miedo de que se desvaneciera.

—Siento que he esperado esto eternamente —dijo con voz áspera e irregular.

El corazón me batía contra el pecho cuando miré hacia arriba y me topé con su mirada inquebrantable.

—Yo también —confesé. Si estábamos a punto de desnudarnos, no veía ningún motivo para no ser completamente sincera.

Había deseado a aquel hombre durante más de siete años. Tras mi veintiún cumpleaños, conseguí enterrar esas emociones, ignorarlas por completo, pero el deseo resurgía con ganas.

Él dio un paso atrás y buscó mi camiseta de tirantes para después quitármela. El momento parecía tan natural con Zeke y yo necesitaba que me tocara tan desesperadamente que los nervios eran lo último en mi mente.

—Eres increíblemente preciosa, Lia —dijo con voz profunda que me recorrió la columna vertebral para después expandirse por todos los nervios de mi cuerpo.

Me quedé sin respiración y alcancé su toalla.

—Quiero verte —respondí—. Necesito tocarte de veras, Zeke.

—Aún no —dijo él marcadamente, apartando mi mano de un empujoncito en cuanto la toalla cayó al suelo—. Si lo haces, no podré concentrarme en lo que es realmente importante.

Intenté dar un paso atrás para poder verlo, pero él me levantó muy rápido y me llevó a la cama.

—¿Qué puede ser más importante? —pregunté sin aliento cuando mi espalda tocó las sábanas.

Él se apoyó en sus poderosos brazos mientras se cernía sobre mí.

—Quiero verte llegar, Lia. Es prácticamente lo único en lo que puedo pensar ahora mismo.

Sus palabras me hicieron estremecerme y gemí cuando su boca cubrió la mía. Ya no me importaba el resultado. Todo lo que quería era a Zeke, y cualquier riesgo valía la pena solo para estar así con él. Su beso fue voraz, hambriento de un modo que yo nunca había experimentado. Él exigía y yo daba encantada, perdiéndome al enredar los dedos en su magnífico pelo espeso. Me embriagué de su aroma masculino y almizclado, inspirándolo mientras intentaba absorber su esencia con cada poro de mi piel. Por fin lo tocaba y nunca había sentido nada tan seductor.

—Zeke —solté un quejido cuando finalmente liberó mis labios para que pudiera hablar.

—No pienses en nada, Lia. Solo siente —ordenó, dejando rastros de llamas con la boca a medida que esta descendía por mi cuello.

Su torso por fin cayó sobre mí y me encantó la sensación de nuestras pieles cálidas presionadas una contra la otra. Cuando se apartó, estuve a punto de suplicarle que volviera. Hasta que sentí sus manos ahuecándome los pechos, los pulgares rodeando las puntas duras de mis pezones.

—¡Sí! —siseé—. Tócame. Por favor. Lo necesito. Te necesito.

No puedo decir que fuera delicado. Las caricias firmes de Zeke me sacaron con mimo todas las sensaciones pecaminosas que pudo obtener de mí. Mi espalda se arqueó cuando tomó un pezón duro en la boca, arañando con los dientes la piel sensible mientras sus dedos seguían atormentando el otro pezón. Cuando mordió, yo solté un gritito y luego dejé escapar un suspiro tembloroso mientras su lengua acariciaba la punta que acababa de morder. El doloroso placer del gesto avivó mi necesidad y el deseo húmedo que cocía a fuego lento empezó a rezumar entre mis muslos. La presión en la parte inferior de mi abdomen iba en aumento y noté la tensión contrayéndose fuertemente de placer con el sensual e implacable asalto de Zeke.

—Necesito más —dije, sin importarme sonar ávida.

—Te daré todo lo que necesitas, cariño —gruñó cuando su boca descendía al valle entre mis pechos y después bajaba hasta mi abdomen.

Tiró de los pantalones cortos en un frenesí antes de arrodillarse entre mis piernas. Cada centímetro de mi piel parecía arder y tenía los músculos tensos esperando a que Zeke me invadiera, a que me jodiera.

Pero lo que esperaba no sucedió. En lugar de eso, me abrió las piernas y yo me estremecí cuando el aire fresco sopló sobre mi sexo vulnerable. Gemí al notar sus dedos rozando la piel rosada.

—Estás empapada, Lia. Qué receptiva. Qué ardiente. Estoy impaciente por probarte.

Yo me sobresalté. De pronto me di cuenta de por qué si colocaba entre mis piernas en lugar de empezar a joderme.

—No tienes que hacer eso —dije con nerviosismo—. Nadie lo ha hecho nunca.

Ningún hombre había puesto nunca su boca sobre mí, y yo temblaba de expectación.

Stuart odiaba el sexo oral… a menos que yo se la chupara a él. Nunca estaba dispuesto a hacer lo mismo. Los otros dos hombres con los que había tenido sexo ni siquiera fueron mis novios durante mucho tiempo, así que me pareció bien no intimar tanto. «Ay, Dios mío, esto parece realmente íntimo», pensé. Mi cuerpo tembló al ver la mirada voraz en el rostro de Zeke.

—No solo quiero hacerlo. Tengo que hacerlo, Lia —dijo insistentemente—. Déjame. Te garantizo que te gustará.

—Sí —gemí impotente mientras él acariciaba mi sexo resbaladizo indolentemente con un pulgar.

Toda idea de protestar de cualquier manera se esfumó de mi mente cuando su lengua rozó la carne rosa palpitante. La poseyó de un lametón largo y placentero.

—Ah, joder, Zeke. ¡Ah, Dios! —Las palabras salieron de mi boca en un gemido y mis manos se ensartaron en su cabello cuando me aferré a él como a la vida misma.

Él gimió contra mi piel y la vibración estuvo a punto de hacerme salir disparada. Me dejé caer contra la almohada y cerré los ojos, dejando que mi cuerpo disfrutara simplemente de todas las sensaciones sensuales. Nunca había experimentado ese nivel de intimidad, tanto deseo puro y carnal. Y lo saboreé porque era increíblemente delicioso.

—Sí —gemí—. Por favor.

Sentí que el nudo en mi vientre empezaba a aflojarse. Zeke apoyó las manos bajo mi trasero y me levantó para poder explorar cada centímetro de mi sexo con su boca y lengua muy traviesas. Era descarado, atrevido; tomaba lo que quería mientras me proporcionaba el placer más exquisito que mi cuerpo había experimentado nunca. Era tanto una tortura como una delicia cada vez que rozaba el pequeño manojo de nervios que necesitaba más atención.

—Zeke —supliqué tirándole del pelo—. Por favor. Más.

Di un gritito cuando sus dientes mordieron mi clítoris con delicadeza, conteniendo la respiración cuando por fin obtuve lo que necesitaba mientras sus dientes y su lengua tocaban mi cuerpo cual violín. El clímax me arrolló como un tren de carga. No hubo crescendo ni una advertencia. El orgasmo me golpeó mientras Zeke seguía lamiendo los jugos que se derramaban de mi cuerpo al caer al abismo.

—Ay, Dios. ¡Sí! ¡Zeke! —exclamé empuñando su pelo para evitar que mi cuerpo saliera volando al espacio exterior.

Cuando terminó, me quedé jadeante e incapaz de moverme en la cama mientras Zeke trepaba lentamente por mi cuerpo. Sentí cada movimiento, la conexión de nuestros cuerpos mientras él se situaba sobre mí.

—Sabes más dulce de lo que podría haber imaginado nunca —dijo con voz ronca cuando su rostro entró en mi campo de visión.

Analicé su mirada, pero no vi ningún indicio de que no hubiera disfrutado plenamente del acto, aunque una lujuria audaz aún brillaba en sus bonitos ojos. Me abracé a su cuello cuando él bajó la cabeza para besarme. Saboreé a Zeke. Me saboreé a mí misma. Saboreé un placer pecaminoso y pícaro. Y, ¡caramba! Fue lo más dulce y delicioso que había probado en toda mi vida.

—Jódeme —insistí cuando él puso fin al beso.

—Qué exigente —dijo con una pizca de humor, aunque su mirada era tan intensa que me clavó a la almohada.

Yo envolví su cintura con las piernas.

—¿Te quejas? —pregunté levantando las caderas para frotarme contra él, mi cuerpo hambriento por sentirlo dentro de mí.

Él estiró un brazo hacia abajo y se colocó mientras gruñía:

—Por supuesto que no. Solo quiero que te sientas tan desesperada como yo.

—Misión cumplida —dije con una voz ahogada de deseo.

—¡Menos mal! —respondió él.

Con un movimiento rápido y potente se enterró dentro de mí hasta las pelotas. Yo jadeé a medida que me amoldaba a él. No dolía, pero me urgía aceptar su longitud y contorno.

—Eres enorme —dije sin aliento.

—¿Estás bien? —Su voz sonó preocupada de pronto.

—Si paras, nunca te lo perdonaré —le advertí.

Él me apartó el pelo de la cara con dulzura.

—Esto también tiene que ser bueno para ti, Lia. Si no lo es, no tengo razones para seguir adelante.

Los ojos se me llenaron de lágrimas al sostener su mirada. Sus ojos azules estaban tempestuosos y sombríos. Pero veía que lo decía de verdad y me conmovió en un lugar tan profundo de mi corazón que me sorprendió.

—Lo dices en serio —susurré.

—Claro que lo digo en serio. Te necesito conmigo, Lia. Si no lo estás, ¿para qué todo esto? —farfulló.

Yo estiré un brazo y acaricié si mandíbula tensa.

—Eres increíble, Zeke.

Estaba intentando decir que mi placer era el suyo, y yo ya sabía que su placer era el mío. Estábamos tan conectados que sentí un anhelo en el corazón.

—Ahora mismo estoy impaciente —respondió en tono gutural—. Háblame, cielo. Comunícate conmigo. Tengo que saber que quieres esto tanto como yo.

La sensación de amoldarme ya no era incómoda y la necesidad de que me hiciera el amor era casi insoportable.

—Te necesito —dije sencillamente, frotándome contra é otra vez—. Tanto que tal vez seas tú quien tenga que seguirme el ritmo.

—Me tienes —respondió mecánicamente mientras retrocedía hasta prácticamente salir y luego me penetró de nuevo con su enorme pene y un poco menos de fuerza.

—Entonces, muéstramelo —supliqué—. Porque lo que más necesito es que me lo hagas como si lo dijeras en serio.

—Lo digo en serio —gruñó antes de empezar a moverse a un ritmo que me dejó sin sentido.

Gemí, las manos intentando tocar cada centímetro desnudo de su piel mientras él reivindicaba mi cuerpo de una manera que nunca creí posible. Lo sentí. Lo saboreé. Zeke me rodeaba y nuestros cuerpos se fundieron como piezas de un rompecabezas largo tiempo separadas que de pronto encajaban en el último espacio vacío. Cada fuerte embestida era un alivio y un tormento a la vez, pero mi cuerpo respondió a él con una satisfacción sublime. Yo me deleitaba en cada caricia de su miembro, en cada gemido irregular; mis caderas se levantaban para recibirlo cada vez. Mis piernas se tensaron en torno a él y yo me golpeaba contra él cada vez que se enterraba hasta el fondo. Estábamos muy cerca, pero no lo suficiente.

—¡Más duro! —grité—. No te reprimas. Por favor.

La sensación de Zeke era adictiva y mi cuerpo codiciaba todo lo que tuviera para darme.

Él me complació moviéndose más duro. Más rápido. Sus movimientos eran tan veloces y rápidos que yo no podía seguirle el ritmo. Así que me aferré con todo.

—Vente para mí, Lia. Déjate llevar. —Su voz era persuasiva e igualmente exigente; su tono, urgente.

Sentí que verme llegar al orgasmo era su única misión en la vida en ese momento.

«Te quiero. Dios, te quiero tanto». Quería decir las palabras en alto, pero no lograba pronunciarlas. De pronto me sentí catapultada a un potente orgasmo, un clímax que me desgarró el alma al atravesar mi cuerpo.

—¡Zeke! —exclamé incapaz de hacer salir nada más de mi boca.

Mi sexo se contrajo con fuerza en intensos espasmos en torno a su miembro.

—¡Joder! Lia. Sí, nena, sigue viniéndote en mí. Así. ¡Qué rico, joder! —gimió.

Nuestras miradas se encontraron y yo lo observé fascinada mientras mis espasmos caóticos lo excitaron hasta su propio desahogo.

Su boca descendió firmemente sobre la mía y yo estaba sin palabras para cuando terminó el frenético beso.

Yo era una desastre jadeante y tembloroso cuando me hizo rodar sobre él y me sostuvo, nuestros cuerpos aún sudorosos. No es que no quisiera decir nada, sino que estaba tan atónita que no sabía qué decir. Zeke acababa de demostrarme que no era incapaz de tener sexo realmente ardiente. Tenía toda la razón. Solo había estado con los tipos equivocados. Por lo visto, el único hombre que podía despertar esa clase de pasión en mí era… Zeke.

—¿Estás bien? —preguntó con voz grave y gutural.

—Definitivamente bien —respondí yo mientras enterraba el rostro en su cuello cálido.

Él me acarició la espalda con una mano en un gesto lento y reconfortante, casi decadente. Me moví a su lado y me acurruqué contra él, deleitándome en el tacto de su poderoso cuerpo caliente contra el mío. Por primera vez en mucho tiempo, me sentía segura. Me sentía querida y deseada; necesitada sin condiciones. A medida que me quedaba dormida porque parecía incapaz de mantener los ojos abiertos, sentí que finalmente estaba en mi lugar.

Capítulo 12

—¿Recuerdas cuando cumplí los veintiuno? —preguntó Lia en voz baja.

—Cada segundo del cumpleaños —le aseguré—. ¿Quieres que te cuente lo que pasó aquella noche?

Yo esperaba sinceramente que no quisiera saberlo. Era un acontecimiento del que ambos habíamos evitado hablar durante mucho tiempo. Ella, porque no recordaba nada de lo sucedido aquella noche. Y yo, porque lo recordaba todo.

Lia se acurrucó a mi lado en la tumbona doble del patio de la *suite* y soltó un suspiro pensativo. Habíamos convertido en costumbre terminar las noches ahí fuera, simplemente escuchando el sonido del océano y relajándonos en las noches agradables. Yo nunca estaba más feliz que cuando tenía el precioso cuerpo de Lia tumbado junto a mí o sobre mí.

«Ha estado muy feliz en los últimos días», pensé. Cierto, ambos nos sumergíamos en la dicha sexual con frecuencia, pero no era solo eso. Reía más, dudaba menos y ya no estaba tan confusa por lo ocurrido con Stuart.

Ah, sí y me miraba como si fuera el único hombre que necesitara. Era audaz y coqueta cuando sus ojos me recorrían con una mirada ávida que me ponía el pene duro cada vez que lo hacía. Ahora, Lia no tenía ningún problema en absoluto para ir por lo que quería. Apenas habíamos salido por la puerta de la *suite* después de la cena antes de que agarrara exactamente lo que necesitaba, que por suerte era yo. Me montó en una de las sillas hasta olvidar lo que hacíamos porque dijo que tardábamos demasiado en llegar a la habitación. «¿En serio? Si eso es lo que recibo por ser lento, me moveré como un perezoso todo el puñetero tiempo».

—No. No necesito que me lo digas, Zeke. Lo recuerdo.

La luz era demasiado tenue como para ver su rostro completamente, pero por su tono me di cuenta de que decía la verdad.

—¿Por qué no dijiste nada? Siempre actuaste como si no lo recordaras.

—Me sentía abochornada a la mañana siguiente —explicó—. Me sentía como una idiota porque me había arrojado a tus pies literalmente y me dijiste en términos muy claros que yo no era lo que querías. Aunque te equivocaste acerca de que me sentiría de otro modo cuando estuviera sobria. Me sentía atraída por ti y quería tener sexo contigo. Simplemente estaba demasiado asustada para decir nada. No estoy segura de cuándo empezó exactamente, pero fue mucho antes de esa noche. Aunque al día siguiente me di cuenta de que tenía que aceptar que nunca seríamos más que amigos.

—Dios, Lia, no dije que no quería…

—Sí, lo hiciste —lo interrumpí—. Esa noche dijiste inequívocamente: «Yo no quiero esto, y tú, tampoco». Te faltó tiempo para alejarte de mí.

Me quedé momentáneamente mudo de la sorpresa. Evidentemente, Lia recordaba casi todos los detalles. Tomé una profunda bocanada y la solté despacio antes de musitar finalmente:

—Nunca volviste a mencionarlo. Creí que habías olvidado todo. ¿Tienes la menor idea de lo difícil que me resultó rechazar esa oferta a pesar de saber que estabas borracha? Tenía que alejarme de la tentación o arruinar una amistad muy importante. No es que no te deseara. Simplemente no te deseaba a menos que supieras exactamente lo que estabas haciendo.

—Yo tampoco quería echar a perder nuestra amistad y, como creía que nunca me querrías como nada más, enterré esos deseos completamente. Nunca volví a admitirlo, ni siquiera a mí misma, pero empiezo a pensar que nunca murieron.

Mi mente volvió a las palabras que dijo Jett antes de que Lia y yo nos casáramos. «Creo que si encontraras esa parte de Lia que quiere que la ames y ella supiera que estás ahí para corresponder ese amor, podría cambiarlo todo para vosotros dos». Demonios, si hubiera una mínima posibilidad de que ella quisiera que la amara, esas emociones ya estaban ahí por ella, esperando. Mi voz sonó áspera y cruda cuando le dije:

—Si me hubieras dado una sola señal de que querías lo mismo cuando estabas sobria, habría reaccionado de manera muy distinta. Solo necesitaba saber que no hablaba el alcohol.

Ella dejó escapar una profunda bocanada.

—Creo que la falta de inhibiciones fue lo único que me permitió decirlo en voz alta, pero no solo lo deseaba por estar borracha. Supongo que la cuestión es que eras el único chico al que realmente he deseado así en toda mi vida. Perdí la virginidad a los dieciocho, mientras tú estabas en la universidad. No creo que ninguno de los dos supiéramos qué estábamos haciendo, así que yo le achaqué el fracaso de esa relación sexual a la falta de experiencia. Me parece que el segundo chico fue más bien un novio experimental después de cumplir los veintiún años porque toda posibilidad de estar contigo se había esfumado. Y luego fue Stuart. Creo que ambos vemos que Stuart fue un gran error de dos años que nunca debería haberse producido. Lo que estoy intentando decir es que eres el único chico que me ha vuelto loca de deseo. Tal vez lo reprimiera durante años, pero no es como si nunca hubiera pasado antes contigo.

Dejé caer la cabeza contra el respaldo de la tumbona y solté un gemido.

—¡Joder! Ojalá me hubieras dado alguna pista.

Noté que ella se encogía de hombros.

—No sabía que estaba reprimiéndolo. No conscientemente. No hasta que hace unos días me di cuenta efectivamente de que me deseabas de verdad.

—¿Hace unos días? —gruñí—. Lia, yo sé que quería hacer mucho más de nuestra amistad desde que volví de la Costa Este al terminar Derecho. Para ser sincero, probablemente fue mucho antes de eso porque sé que si hubieras repetido lo que dijiste en tu cumpleaños, también lo habría dejado atrás. Lo único que tuve fue una proposición borracha ante la que no podía actuar, sin una señal sobria de que me querías.

—No quería volver a eso —confesó ella—. Me sentía agradecida de que siguiéramos siendo amigos después de eso. Así que, de alguna manera conseguí apartar de mi cabeza completamente incluso la idea de tener relaciones íntimas contigo. No creo que esos sentimientos desaparecieran del todo, pero si estabas vedado, tenía que olvidarlo.

Intenté con todas mis fuerzas no pensar en cada oportunidad perdida que dejé pasar en el pasado. Si Lia hubiera dicho una sola palabra sobre sus emociones después de su veintiún cumpleaños, probablemente estaríamos allí, en Playa, celebrando nuestro aniversario en lugar de nuestra luna de miel.

—Que conste —la informé—: ninguna otra mujer me ha vuelto tan loco como tú, tampoco. No voy a intentar contarte que no he tenido buen sexo en el pasado, porque lo he tenido. Pero no como este, Lia. Nunca como lo es contigo.

—Puede que sea únicamente porque es muy nuevo para los dos —sopesó Lia—. Acabaremos aburriéndonos, ¿verdad? Se suponía que esto iba a ser temporal, así que quizás para cuando…

Encontré su boca a la luz tenue y la besé, esperando que olvidara lo que estaba a punto de decir. Cuando terminé, dije con voz entrecortada:

—No quiero que ninguno de los dos veamos esta relación como un arreglo ni como algo temporal, Lia. Para mí, no lo es. Es muy real. ¿Se te ha ocurrido alguna vez que quizás deberíamos haber estado juntos todo este tiempo? Siempre hemos estado unidos. Ninguno de nosotros hemos sido felices con nadie más. Yo siempre he tenido la intención de hacer todo lo posible para que este matrimonio dure. Tú y yo… encajamos, Lia. Siempre lo hemos hecho. En todos los sentidos.

Ella se movió hasta quedar a medias sobre mí, ensartó una mano en mi pelo y apoyó la cabeza sobre mi pecho con un lago suspiro.

«¡Dios! Me encanta cuando hace eso, como si no pudiera acercarse lo suficiente». Conocía esa sensación. Apoyé la mano en su bonito trasero y, con la otra, le rodeé los hombros, deseoso de envolverla hasta que nada pudiera volver a separarnos.

—A veces, la manera en que encajamos casi da miedo —confesó con voz vacilante—. Has sido parte de mi vida durante tanto tiempo que creo que me aterra pensar cómo sería si no lo fueras. Pero no estoy segura de que una amistad fuera suficiente.

—Yo no podría hacerlo —dije sinceramente—. No después de haber estado así, no después de haberte tenido tan cerca de mí.

Después de que esa mujer se hubiera colado en cada resquicio de mi cuerpo, de mi corazón y de mi alma, era imposible que volviera atrás de nuevo.

—Quiero estar contigo más que seguir aterrada de que no funcione, así que yo también lo daré todo en este matrimonio, Zeke —prometió—. Haré todo lo que pueda para hacerte tan feliz como lo soy yo ahora mismo.

Sentí mi corazón abrirse de par en par. ¿Ella creía que era feliz? No tenía ni idea de lo que me hacía sentir saber que iba a dejar de pensar en mí como un novio temporal. Que no había nada de nuestro matrimonio que no fuera completamente real para ninguno de los dos. Le di un beso en la cabeza.

—Ya lo soy, niña.

Quizás las cosas podrían haberse resuelto entre nosotros hacía años, pero era posible que todos esos años de espera fueran precisamente lo que hicieron que las cosas fueran tan dulces como lo eran ahora mismo.

Capítulo 13

Lia

Hasta el último día de nuestra luna de miel no me di cuenta ni acepté de buena gana que siempre había estado enamorada de mi mejor amigo. Después del humillante rechazo de Zeke cuando cumplí los veintiún años, no quería que esas emociones volvieran a ver la luz del sol nunca más. La herida estaba demasiado fresca y era muy dolorosa. «Cualquier chico con el que hubiera terminado habría sido el equivocado, aunque me hubiera tratado mejor que Stuart». Dejé escapar un suspiro feliz y satisfecho.

Zeke me había probado, una y otra vez, que no me pasaba nada. De hecho, parecía disfrutar demostrándomelo en cada superficie de la encantadora *suite*. Tal vez yo no estuviera totalmente recuperada de mi relación disfuncional con Stuart, pero volvería a Seattle mucho más como yo misma que cuando nos fuimos. Cada vez que Zeke me tocaba, me unía un poco más profundamente a él y, aunque yo tenía miedo, no me arrepentía de haber dejado que pasara. Si solo iba a tener una oportunidad de estar con el hombre al que realmente amaba, pensaba aprovecharla.

—Pareces inmersa en tus pensamientos, guapa —dijo Zeke al salir al balcón donde tomaba mi café matutino.

Yo sacudí la cabeza.

—Solo estaba disfrutando la vista. Esto es precioso.

Teníamos una *suite* maravillosa que miraba al océano, y resultaba calmante levantarse con el Caribe color turquesa y el exuberante follaje verde tropical. Mis ojos recorrieron con cariño el cuerpo duro de Zeke y su rostro apuesto, preguntándome si me acostumbraría al hecho de que ese hombre hermoso fuera mío. Tenía el cabello revuelto porque acababa de levantarse de la cama, pero nunca se había visto tan despampanante. Lo observé mientras se servía un café y se sentaba a la mesa conmigo.

—¿Cómo consigues estar increíblemente bueno cuando acabas de caerte de la cama? —le pregunté con una sonrisa.

Él encogió sus fuertes hombros al responder:

—Probablemente de la misma manera en que tú consigues verte tan preciosa ahora mismo.

Dijo aquellas palabras tan sinceramente que me hicieron sonrojar. Levanté el brazo y me mesé el pelo revuelto.

—Estoy toda desgreñada. Tú, no —le contradije.

—Estoy demasiado distraído como para percatarme —farfulló—. Lo único en lo que puedo pensar es en cómo te ves cuando llegas.

Yo me eché a reír. Por alguna razón, Zeke siempre conseguía desconcertarme con sus comentarios francos.

—Siempre pensando en lo mismo, Sr. Conner —bromeé.

—Sigo decepcionado por haberme despertado sin ti en la cama —respondió.

—¿Nunca quieres un descanso? —pregunté en tono jocoso.

—Ni hablar —dijo él con una sonrisa.

Dios, me encantaba su sonrisa pícara. Me daban ganas de quitarme la ropa y arrastrarlo de vuelta a la cama. Pero sabía que teníamos planes para ese día. Teníamos toda la jornada programada; consistiría en nadar en las cuevas subterráneas y hacer tirolina.

—Voy a echar de menos todo esto cuando volemos de vuelta mañana —dije apenada—. Ha sido tan perfecto.

«Estar en Playa ha sido como un cuento de hadas. Principalmente se debe al hombre con el que estoy aquí, pero el entorno es… mágico. Quizás me de miedo que todo cambe una vez de vuelta en Seattle», cavilé para mis adentros.

—Nada va a cambiar —dijo Zeke, como si acabara de leerme el pensamiento—. Pero yo también extrañaré esto. Las cosas serán una locura cuando volvamos, pero ahora que tengo vida, me gustaría contratar a otro abogado para poder hacer más trabajo altruista.

Yo lo miré sorprendida.

—No sabía que seguías haciendo eso.

Antes de que falleciera mi abuela, sabía que Zeke había aceptado un caso de una organización sin ánimo de lucro que ayudó a dar la vuelta a varias condenas injustas. Cuando se aseguró de que el hombre era inocente del asesinato por el que había sido condenado años atrás, Zeke no paró hasta conseguir el veredicto de «inocente» en un nuevo juicio.

Él se encogió de hombros.

—Ahora acepto todos los casos que puedo. Por desgracia, hay más gente inocente en la cárcel que tiempo tengo para defender, pero esos son los casos para los que vive un buen abogado defensor, en realidad. Es fácil darlo todo en un caso cuando estás convencido de que el acusado es inocente.

—Dios, eres tan buen hombre. No es que no lo supiera ya, pero lo que haces es especial, Zeke. —Era un hombre que podía dar esperanza a la gente que no había recibido justicia.

Él me guiñó el ojo.

—No es como si necesitara el dinero que un caso pagado fuera a proporcionarme. Mi bufete gana suficiente dinero.

Yo puse los ojos en blanco. «Y… por supuesto, no piensa colgarse ninguna medalla por hacer algo alucinante», pensé.

Zeke prosiguió:

—Puede que traer a otro abogado también sea un poco egoísta. Ahora que tengo a alguien con quien quiero estar en casa cada noche, me gustaría dejar de trabajar doce o catorce horas al día.

—¿No podías haberlo dejado hace mucho tiempo?

Él asintió.

—Sí, pero estaba soltero y en realidad no tenía ningún motivo por el que no trabajar constantemente. Me encanta lo que hago, pero ahora que tengo exactamente lo que siempre he querido, prefiero estar en casa contigo por la noche.

Se me cortó la respiración porque yo también quería de verdad que él estuviera allí.

—Todavía me gustaría abrir una segunda tienda cuando te haya devuelto el dinero.

—Ya sabes que apoyo totalmente la expansión de tu empresa, y no tienes que devolverme el dinero, Lia. Estamos casados. Lo que es mío, es tuyo.

—Quiero hacerlo —argumenté—. Por favor. —Era importante para mí poder entregarle un cheque. Había confiado en mí cuando me dio tanto dinero para ayudarme a conseguir mi sueño—. Quiero empezar este matrimonio sabiendo que estoy llevando mi parte de la carga.

—¿De verdad es eso lo que necesitas hacer? —preguntó él, sonando ligeramente decepcionado.

—Lo es —confirmé yo—. Aunque solo sea un gesto simbólico ahora que estamos casados, quiero que sepas que lo último que quiero es tu dinero.

—Eso ya lo sé —dijo con voz ronca—. Ven aquí.

Sus ojos me llamaban y no pude ignorar la tentación. Me levanté, me acerqué a su silla y él me sentó rápidamente en su regazo de un tirón hacia abajo. Rodeé con los brazos sus enormes y firmes hombros para apoyarme, y sus brazos macizos me estrecharon la cintura con fuerza.

—Gracias por este viaje —dije en voz baja—. Me ha dado la oportunidad de aclararme las ideas.

—¡Vaya! Y yo que creía que me estabas dando las gracias por todos esos orgasmos.

Yo me eché a reír.

—¿Alguna vez piensas en algo aparte del sexo?

—Cuando tú andas cerca… no —respondió con franqueza.

Yo saboreé la sensación de su cuerpo contra el mío. El simple hecho de estar con él sentaba tan… bien. Quizás toda aquella atracción debería haber resultado incómoda porque habíamos sido amigos durante mucho tiempo. En cambio, las cosas fluyeron como una evolución natural de la relación.

Conocía a Zeke desde hacía tanto tiempo que había muy poco que no supiera sobre él. Y viceversa. Añadir la parte sexual de nuestra relación solo hizo que pareciera ligeramente diferente, pero en realidad no había cambiado nuestra amistad. Incliné la cabeza hacia abajo para mirarlo y el corazón me dio un vuelco cuando cruzamos y sostuvimos una mirada. Había algo increíblemente íntimo en ese momento. Su mirada llevaba una especie de mensaje personal que no logré comprender.

—¿Estás bien? —inquirió con voz temblorosa, incapaz de dejar de intentar descifrar la comunicación silenciosa.

De pronto sus ojos parecieron cerrar los postigos y el momento pasó.

—Estoy bien.

«¡Maldita sea!». Sabía que Zeke quería decir algo, pero por alguna razón no lo había hecho.

—Supongo que debería ir a ducharme y preparame para irnos —dije, sin poder evitar que mi tono se empapara del anhelo que sentía.

No quería que Zeke sintiera nunca que debía ser comedido conmigo. Tarde o temprano, me aseguraría de que se sintiera cómodo soltando cualquier cosa que se le pasara por la cabeza.

Él me soltó cuando me puse en pie. —¿Necesitas que alguien te lave la espalda? —preguntó esperanzado.

—Pervertido —lo acusé.

—Provocadora —replicó en tono indulgente.

Yo me crucé de brazos.

—Todo lo que he dicho era que iba a prepararme.

—Lo cual significa que piensas quitarte el pijama. Siempre que vayas a desnudarte, quiero estar ahí —contestó.

—Eres un caso perdido —dije yo con voz divertida.

—Prefiero pensar que soy optimista.

Yo resoplé, incapaz de resistirme a él cuando se ponía juguetón. La necesidad de estar cerca de él era tan fuerte que dije:

—Si vienes conmigo, sabes que no saldremos temprano.

—Puedo ser rápido.

Yo puse los ojos en blanco. Nunca parecíamos cansarnos el uno del otro.

Levanté una ceja.

—Tendría que verlo para creerlo.

Me escurrí por la puerta del patio deslizando una mano sobre el marco. Zeke se puso en pie y me siguió tan rápido que tomó mi mano al acercarse y terminó tirando de mí hacia la lujosa habitación principal. Resultó que yo tenía razón, pero no pensaba quejarme cuando salimos de la *suite* extremadamente tarde aquel día.

Lia

Zeke tenía razón acerca de que nada cambiaría mucho cuando volviéramos a Seattle. En realidad, nada era diferente excepto el paisaje. No pasamos tanto tiempo juntos porque ambos volvimos al trabajo, pero cuando regresábamos a casa, la locura entre nosotros proseguía. Zeke y yo llevábamos de vuelta en casa más de una semana y nos anhelábamos el uno al otro como si siguiéramos en Playa.

—Estás muy callada —comentó Ruby mientras ordenaba algunos de sus increíbles hojaldres en la vitrina—. ¿Va todo bien?

Mi tienda era lo bastante pequeña para cerrar una hora a mediodía para comer y reponer. Normalmente, reponía los hojaldres de Ruby yo misma, pero ella había pasado por allí para traer una deliciosa comida coreana para almorzar. La engullimos antes de que yo empezara a prepararlo todo para la siguiente oleada de amantes del café. Las cosas funcionaban con mi supervisora, pero tenía el día libre. Así que hoy llevaba el café yo sola. Tenía varias empleadas a jornada parcial, en su mayoría estudiantes que trabajaban por las tardes hasta que cerrábamos.

—Stuart va a venir a recoger su anillo y el vestido de su madre. Por lo visto quiere dárselos a su nueva prometida.

Ruby cerró la vitrina llena con un golpe.

—Imbécil —espetó—. Un anillo de compromiso es especial. Se supone que no se reciclan.

Yo me encogí de hombros.

—Él no siente lo mismo. Y yo no tengo ningún problema en devolvérselo. Nunca me gustó realmente y, desde luego, no tiene valor sentimental. —El anillo era llamativo, ostentoso y caro, pero nunca había sido de mi estilo.

Me llevé la mano en gesto reflexivo al anillo que ahora llevaba en el dedo, el precioso diamante que había elegido yo cuando Zeke y yo hojeamos algunos catálogos. Él había dicho que solo quería hacerse una idea de lo que me gustaba realmente porque un hombre no podía elegir el anillo de boda de una mujer. ¡Ja! Recordó todo lo que dije sobre esos anillos y aunó todas mis preferencias en una obra de arte diseñada a medida. Stuart, por otra parte, ni siquiera lo había consultado conmigo. Seguí reponiendo tazas y tapas mientras Ruby decía:

—¿Estarás bien? Es la primera vez que ves a Stuart desde que el capullo te dejó en el altar.

Yo le sonreí.

—Estoy bien. Stuart ya no es mi dueño.

—Nunca lo fue —respondió ella vehementemente.

—Puede que no —convine—. Pero, al mirar atrás, me sentía como una prisionera.

—Dios, estoy tan contenta de que terminaras con Zeke.

—Yo también —le confié—. Solo espero que dure siempre. No estoy segura de recuperarme si no dura.

Ruby se llevó una mano a la cadera y me miró de manera intimidante.

—¿Y por qué no iba a hacerlo? Lo amas, ¿verdad?

Yo asentí.

—Sí. Pero me pregunto qué pasará cuando no queramos tener sexo a cada minuto que pasemos juntos.

—Lia, en vuestro matrimonio hay mucho más que sexo. Zeke y tú sois amigos desde siempre. Os conocéis. Os entendéis. Si eso no es una relación fantástica, no tengo ni idea de qué lo es. Si lo amas, es perfecta.

—Creo que siempre lo he querido. Solo estaba en negación porque no creía que fuéramos a ser nada más que amigos.

—No lo entiendo. Zeke te adora. Y ahora estás casada con él.

Me sobresalté al oír a alguien llamando a la puerta de cristal de la tienda. Volví la cabeza para encontrarme a Stuart esperando impacientemente en la puerta cerrada.

—Ya está aquí —dije incapaz de sacudirme la punzada de miedo que me crispó todo el cuerpo al mirarlo.

—Podemos hablar más tarde —dijo Ruby. —¿Estarás bien sola con él? ¿Quieres que me quede?

—Creo que necesito hacer esto sola —le dije con firmeza.

Ruby asintió.

—Estaré por aquí. Andaré cerca si me necesitas.

El corazón se me hinchió de cariño por la joven mujer. Ruby había sido una amiga constante que nunca juzgaba. Siempre estaba ahí para mí. Di un paso adelante y la abracé con fuerza antes de acompañarla hasta la puerta.

—Gracias —dije en voz baja mientras abría el cerrojo.

Ella sacudió la cabeza.

—No se merecen. Has hecho mucho por mí, Lia. Me diste resolución cuando la necesitaba y me has animado a seguir haciendo lo que me gusta. Soy más feliz y estoy sanando gracias a tu amistad. Nunca tienes que darme las gracias por ser tu amiga.

Ruby había madurado tanto en el transcurso de nuestra amistad que era prácticamente irreconocible como la mujer asustadiza que se había ofrecido a ayudarme a encontrar mejores productos para la tienda. Había florecido tremendamente porque Jett permaneció a su lado, la amaba incondicionalmente y la alentaba a cada paso del camino.

Levanté la mirada para ver a Stuart delante de mí mientras sacaba la llave de la cerradura. Mi relación con mi ex distaba mucho de ser lo que tenía ahora con Zeke y lo que Ruby tenía con Jett. Me encogí de miedo cuando él empujó la pueta abierta, a punto de hacerme caer sobre el trasero. Ruby salió en silencio cuando Stuart irrumpió en el café. Cerré con llave tras él porque aún tenía tiempo hasta volver a abrir.

—Voy por tus cosas —le dije en tono estoico mientras me dirigía hacia el mostrador.

—Te ves tan elegante como de costumbre —dijo él en tono sarcástico—. Por Dios, Lia. ¿Cuándo vas a aprender a presentarte como una mujer en lugar de una adolescente desgreñada?

Metí la mano detrás del mostrador y agarré la bolsa con el anillo y el vestido. No era la primera vez que escuchaba sus críticas por mi manera de vestirme para trabajar. Mi cafetería era un lugar informal y yo llevaba unos *jeans*, un bonito suéter de color jade y unas zapatillas que no me destrozaban los pies al final de la jornada. Una de sus principales quejas siempre había sido la coleta que llevaba para mantener el pelo recogido mientras correteaba de un lado para otro de la tienda.

—Afortunadamente, ya no tienes que preocuparte por mi aspecto y mi forma de comportarme. —Le tendí la bolsa, ansiosa por deshacerme de ella… y de Stuart.

Él agarró el estuche del anillo, abrió la tapa para asegurarse de que el anillo estaba allí y después volvió a meterlo en la bolsa.

—No puedes culparme por buscar algo mejor —dijo con ese tono de superioridad que detestaba—. Mírate. Tienes muy poca educación superior y te pasas todo el día como una simple camarera.

Empezaba a calentarme la cabeza, y eso era algo que nunca había permitido que ocurriera cuando Stuart me reprendía. Controlaba mi temperamento para evitar la escalada de su humillación. «Tenía miedo de él. Debía presentir que las cosas se pondrían violentas si llegábamos a discutir realmente», me percaté. La repentina compresión de mis verdaderos miedos me golpeó con una fuerza que sacudió mi cuerpo y me tensé aún más. Stuart era un maltratador. Tal vez nunca hubiera hecho nada excepto darme algún empujón ocasional, pero yo empezaba a comprender cuánto daño me habían hecho las agresiones verbales, aunque nunca me había hecho daño físicamente.

Durante más de un año, Stuart había acallado mi voz, me había atemorizado con sutiles insinuaciones de venganza y luego hizo que dudara de mí misma por pensar que quizás no fuera culpa mía. Cuando estaba en el momento más débil de mi vida, dejé que aquel imbécil me pisoteara, me engañara, me ridiculizara, me intimidara y luego prácticamente le di las gracias por ello. Me había perdonado por aguantarlo, pero desde luego que no lo había perdonado a él.

—Prefiero ser camarera que una matona corriente —le repliqué—. Y el trabajo duro no tiene absolutamente nada de malo.

—Creía que preferías ser una zorra porque te casaste con otro unos días después de nuestra boda —dijo enojado—. Aunque no es que tengas las habilidades para satisfacer a un hombre. Esa es una de las razones por las que necesitaba a otra mujer.

Ahora veía con claridad lo que estaba haciendo exactamente, pero no era tan obvio durante nuestra relación porque yo no tenía la cabeza en su sitio. En cierto modo, quería esta última reunión para pasar página. Deseé haberle enviado el maldito vestido y el anillo y haber cerrado la puerta yo misma. Sentí aflorar la rabia por todas y cada una de las palabras crueles que me había dicho y, antes de poder contenerme, mi mano había salido disparada y aterrizó con un satisfactorio ¡zas! cuando tocó su cara. Alimentada por la furia, la torta le volvió la cara a un lado y yo no sentí nada más que satisfacción al ver su rostro tornarse rojo de rabia.

—¿Tú crees que has encontrado a una mujer mejor? —pregunté airada—. Bueno, yo también he encontrado a un hombre mucho mejor. Me alegro de no haberme casado contigo y lo siento por la siguiente novia que tienes esperando. Ojalá tenga el valor de decirte por dónde meterte todas tus opiniones.

—Zorra desagradecida —siseó—. No eras nada antes de que me apiadara de ti.

—No, no era nada —lo informé mientras caminaba hacia la puerta—. Era alguien, una persona que me gustaba antes de empezar a escucharte. E intentaste desmoralizarme hasta que creí que yo era la que tenía problemas. Pero no funcionó. Entré en razón antes de casarme contigo. Si tú no hubieras cancelado la boda, lo habría hecho yo.

Tal vez Stuart me hubiera doblado, pero no me había roto. Sus horribles comentarios sobre lo sosa que era en la cama ya ni siquiera me afectaban. Ahora sabía más. Metí la llave en la cerradura.

—Lárgate. Hemos terminado —dije enérgicamente.

—¡Me has golpeado! —Su voz resonó en el pequeño local.

—Eso no ha sido nada comparado con lo que te mereces. Ya tienes tu horrible anillo y el vestido de tu madre. No vuelvas a contactar conmigo nunca. —Levanté el mentón y lo fulminé con la mirada. Ni en broma pensaba mostrarle una pizca de miedo. Eso se había acabado para mí.

—Tendrás suerte si no te denuncio —gruñó.

Yo me encogí de hombros.

—Hazlo si quieres. Mi marido es el mejor abogado defensor del país, así que no me preocupa perder precisamente.

Abrí la puerta y esperé a que saliera. No pensaba encogerme de miedo, aunque el corazón me latía desbocado ante el temor de que pudiera intentar hacerme daño. Stuart no era de los que dejan nada percibido como un insulto sin castigo, pero ya me había hecho pagar bastante por todos mis supuestos defectos que había señalado durante más de un año.

Yo nunca me había defendido, así que no estaba segura de si se echaría atrás o me daría un puñetazo en la cara. Como había demostrado ser un cobarde, era muy posible que solo hostigara a mujeres a las que podía intimidar. Mi cuerpo se tensó al observar la indecisión en su rostro furioso. Me percaté de que quería obtener su venganza, pero como yo no estaba dispuesta a echarme atrás, él vaciló. Evidentemente, prefería que sus víctimas fueran impotentes e indecisas.

—Lárgate ya —dije firmemente.

—Algún día recibirás tu merecido —dijo con aspereza al salir de la tienda.

—Ya lo he recibido —dije en voz baja mientras cerraba la puerta con llave a su espalda rápidamente y dejaba escapar un suspiro de alivio.

Tenía a Zeke; tal vez él fuera más de lo que yo merecía, pero nunca me sentía inferior cuando estaba con él. No me hacía daño. Me cubría de cariño y elogios en lugar de críticas. No intentaba convertirme en algo que yo no era; quizás porque, a sus ojos, no había nada en mí que necesitara cambiar para importarle.

Lágrimas de alivio empezaron a deslizarse por mis mejillas, producto de la repentina comprensión de que me había librado por poco. Me apoyé contra la puerta y me sequé las lágrimas. Ahora que había dado rienda suelta a mi ira reprimida, Stuart nunca volvería a gozar del menor sitito en mi mente.

Lia

Me sentía mucho más liviana al día siguiente al aparcar en el garaje del ático de Zeke, sorprendida al ver que su Range Rover ya estaba en la plaza de aparcamiento. Me había marchado temprano porque la supervisora estaba trabajando e hice algo de compra para prepararle a Zeke pollo a la parmesana con pasta, su plato preferido. Cocinar para él nunca era una tarea porque él se desvivía para hacerme saber cuánto lo apreciaba. Aparte del hecho de que temía que nuestra relación acabara tarde o temprano, yo era feliz.

Tras mi encuentro con Stuart, iba a seguir adelante. Él ya no tenía ningún poder sobre mí y yo ya no tenía miedo. Es posible que aún persistiera un rescoldo de desconfianza en mí misma, pero sabía que se me pasaría.

Apagué el motor de mi auto y tomé las bolsas de la compra. Abrí la puerta, pero dudé en salir del vehículo al divisar una figura familiar acercándose a su coche. «Angelique. ¿Aquí? ¿En el edificio del apartamento de Zeke?». El corazón se me encogió en el pecho cuando relacioné el significado de su presencia allí con el hecho de que Zeke estaba allí cuando no debería haber vuelto a casa aún.

Angelique y yo solo nos habíamos visto unas cuantas veces de pasada, pero era una mujer que pocos podrían olvidar. Siempre iba impecablemente arreglada y me recordaba a una mujer que dedicaba mucho tiempo a su apariencia. Su largo cabello oscuro siempre estaba perfecto. Tenía la preciosa estructura ósea de una modelo, con la altura y un cuerpo delgado a juego. Solté un suspiro tembloroso cuando ella se marchó, pero no conseguí olvidar la aprensión y los celos que de pronto amenazaban con consumirme entera.

Ella estaba allí. Zeke estaba allí cuando debería estar trabajando. Evidentemente, estaba con él, ¿verdad? ¿Por qué otra razón estaría allí? Yo sabía que no vivía en ese edificio. Mi corazón se negaba a aceptar la explicación evidente mientras subía en ascensor al ático, pero mi cerebro no podía ignorarla. Mis sospechas se confirmaron en cuanto entré por la puerta.

—Lia —dijo Zeke con voz ronca al salir del baño con solo unos pantalones de pijama a la altura de las caderas.

Yo dejé la compra en la encimera antes de que él pudiera tomar las bolsas. Zeke no solía andar por casa en pijama a menos que acabara de levantarse. La idea de cualquier otra persona que no fuera yo en nuestra cama con él me dejó totalmente lívida.

—He visto a Angelique —dije en tono engañosamente tranquilo—. Creía que habíamos acordado hacer funcionar este matrimonio.

Empecé a guardar la compra, pero en realidad solo quería hundirme en el suelo y llorar. Sabía lo que había visto y no era una idiota. Aun así, que Zeke me engañara no parecía acertado. «Probablemente no soy la primera ni la última mujer que piensa eso. Ninguna mujer quiere creer que su marido está acostándose con otra persona», me dije.

—No sé qué estás diciendo —contestó él con voz ronca.

Me volví de frente a él.

—Estoy diciendo que he visto a Angelique salir del edificio. Y tú estás en casa. En la cama. En pijama. ¿Estás acostándote con ella?

—No. —Su respuesta fue simple.

—Entonces, ¿por qué estaba aquí? —Un atisbo de esperanza chisporroteó en mi alma, pero estaba demasiado a la defensiva como para dejar que se convirtiera en otra cosa.

Me sorprendió cuando me empujó contra la nevera, obligándola a cerrarse antes de inmovilizarme con su cuerpo.

—¿En serio estás intentando decir que crees que estaba jodiendo con otra mujer? —preguntó con aspereza.

Yo alcé la mirada hacia él.

—No sé qué pensar. Ella estaba aquí. Y tú estás vestido… así. Nunca vuelves a casa tan temprano.

Él golpeó la puerta de acero de la nevera con el puño y dio un gruñido que parecía de frustración.

—¡Dios, Lia! Después de las últimas semanas, todavía no crees que te amo, joder. No hay otra maldita mujer para mí. Sé que no fui el mejor amigo para ti mientras estabas con Stuart, pero he intentado demostrarte de todas las maneras posibles cuánto lo siento. No sé cómo demonios convencerte de que no voy a irme a ninguna parte, de que estoy locamente enamorado de ti y de que nunca ha habido ni habrá otra mujer para mí, excepto tú. ¡Por Dios! Soy incapaz de engañarte porque la única mujer que veo y la única mujer que me pone el pene duro eres tú.

Perdí la cuenta de las maldiciones que consiguió soltar en su declaración, pero no importaba realmente. Estaba demasiado concentrada en la parte de «locamente enamorado de ti». Me miraba fijamente a los ojos cuando me dijo que me amaba y sentí la verdad de su confesión en los más profundo de mi alma. Zeke nunca me mentía. Y yo no le creía capaz de hacerlo cuando me miraba a los ojos de esa manera.

—No… No lo entiendo —tartamudeé—. Ella estaba aquí y tú estás aquí prácticamente desnudo a una hora en que nunca estás en casa.

No es que no lo creyera, pero nada tenía sentido.

—Eres adorable cuando te pones celosa, pero me molesta que tú considerases aunque fuera por un segundo que yo podría tocar a otra mujer —comentó en voz baja—. No puedo decirte con seguridad por qué estaba aquí, pero venía mucho al gimnasio y a la piscina cuando salíamos. Creo que es posible que tenga un chico o dos de reserva que conoció aquí, pero desde luego que no estaba conmigo.

Sentí que mis músculos se relajaban. Seguía clavada contra la nevera por el cuerpo cálido de Zeke, pero no iba a intentar alejarme.

—Lo siento. Lo siento mucho —espeté. Me sentía fatal por pensar siquiera que Zeke pudiera traicionarme. Si hubiera querido que esto terminara, simplemente me lo habría icho. Había reaccionado instintivamente en lugar de confiar en él.

—Está bien —dijo retrocediendo—. Quizás, en la misma situación, yo habría dado por hecho lo mismo inicialmente. No es como si no hubiera cometido errores contigo cuando estaba celoso. Solo has de saber que no necesito buscar en otro sitio, Lia, ni tengo deseos de hacerlo. No tengo motivos cuando por fin he conseguido a la mujer que siempre he querido. Tendría que ser un completo imbécil para estropear esto.

Finalmente observé con detenimiento a Zeke cuando se apartó y me quedé abatida al ver que estaba pálido como un fantasma.

—¿Estás bien? —pregunté acercándome a él y poniéndole una mano en la cara. «¡Ay, Dios! Está ardiendo».

—Zeke, tienes fiebre —dije preocupada sin dejar de mirarlo. Debería haberme percatado antes de que su voz no sonaba completamente normal.

Él asintió.

—Estoy seguro de que tengo una puñetera gripe. Ha estado circulando por la empresa, pero yo no suelo ponerme malo. Llegó bastante rápido. Mi secretaria me echó a patadas de mi despacho porque no quería ponerse enferma. Tampoco la culpo. Me encuentro fatal y yo tampoco quería que más empleados enfermaran.

La secretaria de Zeke lo adoraba como a un hijo, así que no me creí que lo hubiera echado. Sin duda, estaba preocupada y quería que se cuidara.

—Ay, Dios, ¿por qué no me lo dijiste de inmediato? —pregunté, ansiosa de repente por haber hecho a Zeke permanecer ahí de pie justificando por qué no estaba engañándome cuando estaba enfermo.

Ahora entendía exactamente por qué estaba en casa en pijama y en la cama antes de que llegara yo. Durante nuestra larga amistad, nunca había visto a Zeke nada más que sano. Tenía razón. No solía contagiarse cuando circulaba algo. Lo rodeé con el brazo mientras ordenaba:

—Vuelve a la cama. Probablemente pillaras la gripe porque no has estado durmiendo lo suficiente. —Desde que volvimos de México habíamos estado levantados hasta tarde demasiadas noches, sumergidos en la dicha sexual, y el muy loco trabajaba jornadas extenuantes.

—No te acerques mucho, gominola —ordenó—. Es contagioso. Debería haber mantenido las distancias en la cocina. Puedo cuidarme solo unos días. No quiero que enfermes.

Yo puse los ojos en blanco.

—Muévete —insistí, permaneciendo junto a él hasta que finalmente volvió a dejarse caer en la cama—. Estoy enfadada contigo por no llamarme en cuanto te diste cuenta de que estabas enfermo. Podría haber llegado antes que tú, incluso haciendo una parada en el supermercado y en la farmacia. Soy tu mujer, Zeke Conner. Decía en serio la parte de los votos de «en la salud y en la enfermedad».

Se me encogió el corazón al bajar la mirada hacia él. Estaba aún más pálido que en la cocina y el calor que desprendía su enorme cuerpo no era saludable. Tenía la voz tomada y el pobre tenía muy mal aspecto, como si hubiera pasado por un infierno. Por desgracia, como los síntomas acababan de empezar, empeoraría antes de mejorar.

—Ni siquiera había planeado acercarme a ti —reconoció descontento—. Quiero que estés sana.

Se me cayó el alma a los pies al darme cuenta de que todos los pensamientos de Zeke parecían girar en torno a mí, incluso cuando estaba enfermo, al parecer. Me senté en la cama y le aparté el pelo revuelto de la frente.

—Ve acostumbrándote a tenerme muy cerca hasta que te encuentres mejor. ¿De verdad creías que iba a dejar que te cuidaras tú solo? Trabajo de cara al público todos los días, así que no te preocupes por mí. Si fuera a pillarla, probablemente ya lo habría hecho.

Zeke tenía muy mal aspecto y eso me dio miedo. De ninguna manera iba a alejarme donde no pudiera oírlo hasta que estuviera mejor. Él me miró con el ceño fruncido.

—¿Y si no te quiero cerca?

«Sí, buen intento, amigo, pero no vas a asustarme», pensé. La mirada feroz no duró mucho porque empezó a toser.

—Entonces llamaré a tu madre —le advertí—. Es ella o yo. Y si la llamo, básicamente seremos las dos, porque no pienso irme a ninguna parte.

—Vale, eso es cruel —musitó cuando por fin dejó de toser—. ¿Me has oído cuando he dicho que estoy locamente enamorado de ti?

—Te he oído —respondí—. Y no tienes ni idea de lo feliz que me hace eso, porque yo también estoy locamente enamorada de ti, Zeke. Pero, ahora mismo, solo quiero que te recuperes.

—Dilo otra vez —exigió en tono malhumorado—. He esperado una eternidad para oírte decir que estás enamorada de mí. Si no puedo hacer nada al respecto ahora mismo, al menos quiero oírte decirlo.

—Te quiero —dije complacientemente.

Él intentó esbozar una pequeña sonrisa.

—Ya estoy mejor.

Yo sacudí la cabeza, pero mis labios se curvaron en una sonrisa.

—No vas a salir de la cama. Iba a hacer pollo a la parmesana, pero tendrá que esperar unos días. Prepararé un poco de sopa y voy a ver qué encuentro para bajarte esa fiebre. Si te portas bien, te traeré un helado —bromeé.

Él gimió.

—Es un asco que la mujer que amo no me vea como su semental.

—No necesito un semental —lo contradije yo—. Ahora mismo, solo quiero verte sano.

Empecé a levantarme para poder llevarle algo para la fiebre, pero él tomó mi mano.

—Lia —dijo con la voz como si le hubieran lijado la garganta—. De verdad, te quiero. No pretendía soltarlo así, pero deberías haber sabido exactamente lo que siento.

Su expresión era tan sincera que sentí una opresión en el pecho. Dios, Zeke era hermoso, incluso cuando estaba malísimo. Me incliné hacia delante y lo besé en la frente ardiente.

—No lo sabía exactamente, pero creo que te has explicado perfectamente. De verdad, yo también te quiero. Ahora, descansa un poco mientras busco la medicina, algo para mantenerte hidratado y preparo una sopa.

Quería plantearle un millón de preguntas, pero estaba más preocupada por su salud en ese momento.

—Si te pones enferma, me enfadaré de veras —musitó mientras se le cerraban los ojos.

Yo sonreí al ponerme en pie, estiré la cama y le lancé una última mirada de preocupación antes de ir a buscar todo lo que necesitaba. Ya estaba dormido para cuando salí del dormitorio.

Capítulo 16

Lia

Zeke lo pasó fatal durante los primeros días de la enfermedad y pronto descubrí que era un paciente terrible. Tuve que ponerme bastante firme para que se quedara en cama después del primer día. Para el segundo día, insistió en que ya no podía dormir y prácticamente tuve que sentarme encima de él para que se quedara en la cama descansando. Finalmente encontré unas cuantas películas que aún no había visto y me quedé con él para asegurarme de que no se movía.

—Lia, no puedo seguir aquí tumbado. Me está volviendo loco —dijo la tarde del tercer día—. Al menos deja que vaya a darme una ducha. Estoy bien. En serio. Ya no estoy enfermo. Solo estoy un poco cansado.

Zeke estaba mejor. Su temperatura era normal cuando la comprobé hacía una o dos horas, y decididamente había recuperado el apetito. Se había devorado el pollo a la parmesana como si hiciera meses que no comía. En realidad, yo sabía que era un hombre sano que estaba muy en forma, y no era de sorprender que se hubiera recuperado rápido. Probablemente yo exageraba, pero verlo tan vulnerable hizo que me cagara de miedo.

Me llevé las manos a las caderas. Seguramente no había ninguna razón por la que no podía levantarse. La fiebre había bajado y yo sabía que se estaba inquietando y frustrando.

—Voy contigo —insistí.

Él me miró con una sonrisa de oreja a oreja.

—¿De verdad piensas que voy a objetar?

—Nada de tonterías, semental —dije con vehemencia—. Solo quiero asegurarme de que no te caigas mientras estás ahí dentro.

—Me encuentro bien, cariño —respondió apartando la manta—. Desde esta mañana.

Lo espanté al baño y cuando empezó a cepillarse los dientes me escapé un momento para quitar la ropa de la cama y poner sábanas limpias.

Volví al baño a toda prisa y abrí el grifo de la ducha de lluvia para después quitarme la ropa, impaciente por el agua tibia. El cansancio se hacía presa de mi cuerpo porque había dormido muy poco. No es que no pudiera haber dormido toda la noche, pero cuidar de Zeke debió de despertar recuerdos de cuando cuidaba de mi abuela Esther justo antes de que muriera. Los sueños se mezclaron y, por alguna razón, en una pesadilla cuidaba de Zeke cuando de pronto supe que él también iba a morir. Fue muy extraño, pero pareció tan real que no dormí bien desde la primera noche en que enfermó. Zeke era todo mi mundo y verlo enfermo debió de agitarme. Y mucho.

Me metí en el agua, que parecía una lluvia suave, y suspiré mientras lo observaba terminando de afeitarse. Era el hombre más atractivo que había visto en toda mi vida, aunque estuviera convaleciente de una enfermedad. Ataviado únicamente con los pantalones de otro pijama que se aferraban a sus caderas como amantes, nunca había visto unas vistas más impresionantes que Zeke Conner.

Alcancé el champú y el gel para lavarme rápidamente mientras Zeke entraba al gran espacio conmigo. Había tomado un par de duchas, pero fueron tan rápidas que no me relajé realmente.

—Pareces cansada —dijo Zeke descontento mientras se mojaba todo el cuerpo.

—Estoy bien —le aseguré—. Sienta bien poder relajarse. Sé que solo es una gripe, pero estaba muy preocupada por ti.

Al terminar de lavarme, abrí los ojos y alcancé el jabón que había utilizado Zeke.

—Sé la suerte que tengo. No pienso morirme próximamente, cariño —respondió bruscamente.

El corazón se me aceleró mientras me llenaba las manos con su jabón. ¿De qué había tenido miedo todo ese tiempo? ¿Estaba manifestando el miedo de que también me arrebataran a Zeke? Ese terror era irracional y yo lo sabía. Era joven y sano. Pero mis padres no eran muy mayores y fallecieron tan repentinamente que ni siquiera pude despedirme. Mi abuela era más mayor, pero había gozado de buena salud la mayor parte de su vida. Por desgracia, el cáncer era una bestia codiciosa. Se llevó a mi abuela en cuestión de meses.

—No quiero perderte —le dije a Zeke llanamente mientras empezaba a enjabonar su cuerpo—. No sé si sobreviviría si te perdiera.

—Sé que has perdido a todas las personas que has amado —dijo con voz grave y paciente—. Pero no vas a librarte de mí tan fácilmente, Lia. Yo tampoco soporto pensar que nada pueda ocurrirte, pero prefiero estar contigo y lidiar con lo que pase a vivir toda mi vida sin ti.

Yo lo miré sin pestañear cuando respondí:

—Yo también —dije. El amor siempre era arriesgado, pero valía la pena arriesgarse por Zeke. Prefería amarlo durante el tiempo que tuviéramos, sin remordimientos.

Él cerró los ojos y se apoyó contra los azulejos de la ducha con un gemido.

—Vas a matarme si no paras ya.

Había terminado con su espalda y mis manos recorrían libremente su pecho musculoso y abdominales magníficamente tonificados. Una mirada hacia abajo y comprendí por qué protestaba. Su pene estaba duro y firme como una roca. No dudé en desplazar la mano hacia abajo para envolver la enorme verga de acero.

—Yo me encargo de esto —le dije con una voz sensual que no pude controlar—. Relájate.

—Imposible si me tocas, nena —dijo en voz alta y gutural.

Acaricié su enorme miembro; la expectación fue en aumento mientras yo observaba su rostro. Parecía hambriento, frustrado y como si fuera mío para darle placer. Zeke siempre había estado tan impaciente por penetrarme que nunca había tenido ocasión de simplemente tocarlo, saborearlo, y disfruté de la oportunidad.

—Te quiero —dije arrodillándome.

—¡Joder! Yo también te quiero, cariño —respondió en tono desesperado.

Sus palabras atravesaron mi cuerpo, raudas como un subidón de adrenalina, pero también sentí una agradable paz que estaba ahí, junto a la emoción. Le aclaré el jabón de su verga dura antes de llevármela a la boca. Empecé indolentemente, saboreándolo con la boca y la lengua antes de empezar a succionar por fin. Su cuerpo se tensó a medida que mis movimientos se volvían más bruscos, mis manos aferradas a su trasero para mantener un ritmo constante. Un sonido salvaje salió de su boca cuando enredó la mano en mi pelo para guiarme.

—Tócate, Lia. No voy a aguantar mucho y te quiero conmigo.

Yo levanté la mirada y capté la expresión lujuriosa en su cara. Hablaba de deseo, de anhelo y de un amor tan loco que mi sexo se contrajo violentamente.

Sus ojos suplicaban, así que levanté una mano de su nalga apretada y la deslicé atrevidamente entre mis muslos. No sentí la menor vacilación. No fui tímida para darnos a ambos lo que queríamos. Mis dedos se deslizaron por mi sexo húmedo y me estremecí al frotarme el clítoris. Estaba excitada y lista, mi cuerpo tenso como un arco al encontrar el ritmo que me gustaba, y lo mantuve mientras seguía chupándole el miembro a Zeke. Sentí que su mano se cerraba en torno a mi melena y, cuando miré de nuevo hacia arriba, él me observaba, sus preciosos ojos azules fundidos ardiendo con un calor incendiario que me consumió. Conectamos sin palabras y Zeke no apartó la mirada hasta que dejó caer la cabeza hacia atrás con un gruñido animal que le arranqué de la boca. El sensual sonido hizo que sintiera ondas de choque por todo el cuerpo y aceleré los dedos, acariciándome más fuerte al sentir el inminente clímax. Gemí con el pene de Zeke aún en la boca y la vibración lo llevó al límite.

—Estoy acabado, Lia —gimió—. Apártate.

¿Estaba loco? Me había esforzado demasiado para llevarlo al orgasmo. No pensaba renunciar a la oportunidad de probarlo. Tragué con ganas cuando Zeke explotó, deleitándome en su esencia mientras esta fluía potentemente por mi garganta hasta que finalmente lo solté y encontré mi propio desahogo.

—Zeke —dije con un gemido mientras el placer inundaba mi cuerpo y mi alma.

Disfruté del agua caliente que se deslizaba por mi cuerpo mientras jadeaba sobre los azulejos, una mano acariciando suavemente el miembro de Zeke y la otra aún entre mis muslos. Él me ayudó a ponerme en pie y me envolvió con sus fuertes brazos mientras decía con voz ronca:

—¿Sabes lo loco que me vuelves?

—¿Tan loco como tú a mí? —pregunté, aún sin aliento. Todavía no me había recuperado completamente, así que apoyé la cabeza sobre su hombro.

—Más —murmuró mientras sus manos acariciaban mi cuerpo empapado como si temiera que fuera a desaparecer repentinamente—. Salgamos de aquí.

No protesté cuando cerró el grifo y salimos de la ducha. Nos secó a ambos con la toalla antes de que cayéramos juntos sobre la cama. Tiró del edredón y yo me acurruqué a su lado cuando me abrazó.

—¿Estás bien? —pregunté.

—Nunca he estado mejor —bromeó él—. Duérmete, Lia. No me voy a ninguna parte.

Yo dejé escapar un suspiro de satisfacción mientras se me cerraban los ojos. Dormí un sueño largo y placentero que me hizo levantarme sintiéndome normal por la mañana.

Zeke

A la mañana siguiente, estaba sentado en mi despacho de casa sintiéndome más o menos normal. Quizás aún no tuviera la energía habitual, lo cual no era fácil de admitir para un hombre, pero sabía que la recuperaría tras un día o dos en cama. Llevaba despierto desde el amanecer y por fin había dejado a Lia profundamente dormida en nuestra cama, esperando que las ojeras oscuras bajo sus ojos y la mirada nerviosa en su rostro desaparecieran finalmente.

«¡Mierda!». Detestaba de veras que tuviera tanto miedo de perder a un ser querido, pero tampoco podía culparla. Básicamente todas las personas importantes de su vida se habían ido y probablemente yo estaría igual de aterrado que ella si toda mi familia hubiera muerto repentinamente antes de cumplir yo los treinta años. Sonó el teléfono y lo tomé del cargador.

—Habla Conner —dije, dando por hecho que era alguien del trabajo.

—Me gustaría hablar con Lia Conner, por favor —dijo la voz de hombre en tono profesional.

—Soy su marido. No está disponible. —De acuerdo, estaba un poco tenso por el hecho de que un hombre llamara a mi esposa.

—Soy Marvin Becker, de Becker y Asociados. Llamo en relación con la herencia de Esther Harper.

Me relajé. Era el abogado de sucesiones.

—Soy Zeke Conner. ¿En qué puedo ayudarle? Supongo que podría decirse que mi bufete representa a Lia. —Sí, eso era un cuento, porque nunca sería abogado de mi mujer, pero tenía muchas ganas de saber por qué llamaba.

Oí una carcajada a través del teléfono.

—Lo conozco gracias a su reputación, Sr. Conner —dijo el caballero con humor en la voz—. Pero estoy seguro de que su esposa no necesita un abogado defensor. Mi negocio es bastante benigno. ¿Puede comunicarle que la herencia está liquidada y que voy a enviarle un cheque por mensajero? En breve debería llegar un paquete con el dinero adeudado, y creo que debería leer el codicilo y una carta personal que se me ordenó entregarle cuando se ultimara todo.

—¿Esther dejó un codicilo? —me planté un poco ante la idea—. ¿Por qué no se le entregó a Lia junto con el testamento?

—Todo está en el paquete —respondió con una evasiva—. El codicilo no era efectivo hasta que la Sra. Conner cumplió los veintiocho años, y Esther solicitó que el codicilo y la carta personal no se le mostraran hasta esa fecha. Mi trabajo consiste en honrar todas las solicitudes posibles de un cliente moribundo. Conocía a Esther desde hacía años, así que también la consideraba una amiga.

—¿Va a disgustar esto a mi mujer? —pregunté con un gruñido protector—. Porque lo último que necesita es más agitación. Ha sufrido mucho en los dos últimos años.

—No creo que lo haga —dijo vacilante—. De hecho, quizás arroje un poco de luz. Eso es todo lo que puedo decirle.

Si bien apreciaba la información privilegiada entre un abogado y su cliente, me irritó tremendamente que no dijera nada más. Colgué e intenté descifrar exactamente qué había alterado Esther que requiriera un codicilo. Quizás a Lia no le importara una mierda el dinero, pero quería a Esther como a una madre, y yo sabía que, cuando su abuela hizo que algo en su relación fuera condicional, a Lia le dolió. No se trataba de los fondos ni de las posesiones de la herencia. Era la conclusión de su abuela de que Lia no era lo bastante buena tal y como era en el momento de la muerte de Esther.

—Buenos días.

Miré hacia la voz adormilada de mujer, contento al ver su sonrisa desde la puerta del despacho. Me sentí agradecido de que se viera mejor y más descansada que la víspera. Me puse en pie.

—¿Un café? Ya lo he preparado.

Ella asintió y se retiró a la cocina. Como me iba a ser imposible hacer nada más, la seguí. Por desgracia, ya no estaba desnuda y se había puesto un pijama muy parecido al que llevaba en Playa, unos pantalones cortos ajustados y una camiseta de tirantes. Puede que ese pijama estuviera hecho para ser cómodo en lugar de *sexy*, pero cuando Lia lo llevaba, mi verga no veía nada más que la lencería más ardiente en rodaje.

—Siéntate —ordenó, señalando el taburete de la encimera de la cocina—. Puedo servirme mi propio café.

Sonreí, pero me senté. Era el último que quería darle preocupaciones, pero no podía negar que su inquietud por mi salud era completamente adorable. Lia había recuperado su actitud previamente peleona, y que toda esa energía se centrara en su preocupación por mí no me hacía precisamente infeliz. No era reacio a dejar que me mangoneara un poco porque sabía que provenía de su cariño. Sin embargo, tampoco me importaría volver a esas miradas suyas que me dejaban impaciente por desnudarme. Lo esperaba con ganas.

—Me encuentro bien, Lia. Voy a volver al trabajo el lunes —Era viernes, así que eso me daba un par de días más para trabajar desde casa y asegurarme de que no contagiaría a nadie más en la oficina.

Ella asintió.

—Yo también vuelvo al café el lunes. Pero pienso asegurarme de que te tomes las cosas con calma el fin de semana.

Yo esperaba que eso significara que ambos nos quedáramos en la cama desnudos e intentáramos cumplir las fantasías sexuales el uno del otro. No podía imaginar una manera mejor de recuperar el vigor. Sonreí al verla ponerse de puntillas para tomar una taza que yo podría haber alcanzado fácilmente y llenarla de café. Conocía su rutina de memoria y ya no me horrorizaba cuando le echaba un montón de crema de leche al café y varias cucharadas de azúcar.

—¿Quieres unas judías de gominola con eso? —bromeé cuando le añadió más azúcar de lo habitual a su café.

Pareció sopesar la posibilidad antes de responder:

—Quizás más tarde. —Se desplazó a la encimera, su cara tan cerca de la mía que me costó no tomarla por la nuca y besarla hasta dejarla sin sentido cuando dijo—: ¿Sabes lo increíblemente dulce que es tu forma de asegurarte de que siempre tienes reservas de mis caramelos favoritos?

—No tiene importancia —respondí. Vaya, era mucho más trabajo que Lia me diera de comer tan bien cada noche.

—Para mí, sí la tiene —contradijo—. A veces las pequeñas cosas no se ven, pero quiero que sepas que yo las valoro.

—¿Como haberte quedado en casa en lugar de ir a tu tienda para cuidar de mí? —pregunté.

Ella había dispuesto que su supervisora la sustituyera sin pensarse dos veces cambiar toda su rutina por mí.

—Tú lo harías por mí sin pensarlo —puntualizó.

Sí, claro que lo haría, pero esa no era la cuestión. Me salvé de tener que responder por el sonido del telefonillo desde el vestíbulo. Era el mensajero, y le dije al recepcionista que le permitiera subir. Después de firmar la entrega, llevé el paquete a la cocina.

—¿Quién era? —preguntó Lia con curiosidad desde una silla en la mesa. Estaba terminándose el café, la taza ya prácticamente vacía.

Yo me senté frente a ella.

—Un mensajero. Es del abogado de sucesiones.

—Ábrelo —me pidió—. Sabes más que yo de toda esa palabrería legal.

Saqué la documentación, le entregué el cheque y empecé a leer los documentos rápidamente mientras le decía:

—Al parecer, Esther dejó un codicilo en el testamento.

—Esto es para ti. Es personal. —Le entregué el sobre cerrado que, como ya sabía, contenía una carta personal de Esther.

Leí rápidamente el sencillo codicilo. Como solo eran unas pocas líneas, no tardé mucho.

—Joder —maldije.

—¿Qué? —preguntó Lia con nerviosismo—. ¿Pasa algo?

—No. Lia, siempre tuvo intención de darte todo lo que tenía. Añadió este codicilo que lo dice. Por alguna razón, no quería que lo supieras hasta que hubieras cumplido los veintiocho.

Ella frunció el ceño.

—¿Por qué? ¿Por qué iba a hacer eso?

Hice un gesto con la cabeza hacia el sobre.

—Lee la carta. Probablemente lo explique.

Yo estaba tenso cuando abrió la misiva y sacó una única hoja de papel. Observé su rostro mientras la leía en voz alta.

Queridísima Lia:

Por favor, no odies a esta vieja por querer verte feliz cuando me haya ido. Nunca hubo la menor duda de que quería que tuvieras todas mis pertenencias cuando dejara este mundo. Solo me has dado alegría a lo largo del tiempo, y has sido como la hija amante que nunca tuve. Incluso ahora, no puedo imaginar que nadie me proporcionara más consuelo al acercarme al final de mi vida.

Estoy muy orgullosa de la mujer en que te has convertido y de todo lo que has logrado, así que solo tengo una preocupación.

Me resulta bastante evidente que tú y Zeke Conner estáis hechos el uno para el otro, pero temo que nunca saldréis. Ninguno de los dos parecéis querer agitar las aguas de vuestra amistad. Espero que si te doy un empujoncito después de irme, quizás empieces a pensar en una relación más seria con Zeke. Si, para cuando leas esta carta, esa relación no ha florecido, aún espero que lo pienses en el futuro próximo.

Yo tuve a mi alma gemela en tu abuelo durante muchos años y no quiero que pierdas la oportunidad de pasar tu vida con la tuya. Zeke es ese hombre para ti, Lia, y tú eres esa mujer para él. Los dos tenéis que dejar de ser tan obstinados y reconoceros.

Decidas lo que decidas, sé feliz, mi dulce Lia. Eso es lo único que esta vieja siempre ha querido para ti.

Con todo mi amor, eternamente,

Tu abuela Esther

La cocina se quedó en silencio cuando la voz de Lia se detuvo de repente. Un lagrimón cayó sobre la carta que sostenía. Luego otro. Finalmente, dejó la carta y me miró.

—¿Cómo lo sabía? —suspiró llorosa—. Nunca dije ni una palabra. Dios, ni siquiera yo lo sabía hasta recientemente.

Me moví para levantarla y luego volví a sentarme con el calor de Lia en mi regazo mientras respondía con delicadeza:

—Me temo que probablemente yo era un poco más obvio. Quizás tú nunca te percataste de cómo te miraba, pero es evidente que Esther sí lo hizo. Y conocía tu corazón. Lia. Sabía que no te casarías con nadie a menos que quisieras a esa persona, con dinero o sin él, así que creo que solo estaba intentando darte un empujoncito hacia mí.

Lia sacudió la cabeza como si siguiera en una nube.

—Nunca quiso que cambiara. No creía que no fuera lo bastante buena sin un hombre. Lo único que estaba intentando hacer era darme un empujón hacia lo que deseaba de corazón cuando ni yo misma lo sabía. Creía que éramos almas gemelas, Zeke. Sí, puede que eso sea un poco anticuado y exagerado, pero…

—No lo es, Lia —interrumpí—. Creo que tenía razón. Sé que estaba demasiado enfermo como para explicar muy bien mis sentimientos. No creo que lo de «locamente enamorado de ti» fuera suficiente explicación, así que permíteme intentarlo de nuevo.

Tenía la cabeza despejada y ya era hora de que Lia comprendiera que no solo estaba loco por ella ni solo deseaba su cuerpo. Lo quería todo.

Lia

No dije nada cuando Zeke se puso en pie, me llevó en volandas de vuelta al dormitorio y se acomodó en la cama con mi cuerpo a medias extendido sobre él, a medias junto a él. Era una postura íntima y cercana en la que dormíamos a menudo y yo suspiré apoyando la cabeza sobre su torso aún desnudo.

Era obvio que no buscaba una especie de satisfacción sexual inmediata. Zeke tenía algo en la cabeza, así que simplemente esperé a que hablara, contenta de que hubiéramos superado situaciones como la del último día de nuestra luna de miel. Yo sabía que aquel día él quería decir algo, pero todavía fue cauteloso.

Inspiró profundamente.

—Te dije que estaba buscándote cuando te encontré en el vestíbulo de la iglesia el día de tu boda. Que estaba decidido a convencerte de que no te casaras con Stuart. Pero nunca expliqué exactamente qué me pasó en la iglesia aquel día, Lia.

—Cuéntamelo —lo alenté, deseosa de saber cualquier cosa que a Zeke le importara compartir.

—No estoy seguro de comprenderlo del todo, pero fue como si todo sobre nosotros de pronto me pareciera cristalino. La manera en que nos conocimos, nuestra amistad, todas las cosas que pasamos juntos y todos mis sentimientos por ti. Sí, hacía años que quería desesperadamente llevar nuestra amistad a otro nivel, pero de pronto me percaté de que había una razón por la que nos conocimos y de que yo había echado a perder todas las oportunidades que había tenido de juntarnos como se suponía que debíamos estarlo. No soy un fanático de la teoría del destino. Creo que decidimos nuestro propio destino, pero hay cosas en esta vida que no se pueden explicar y, mientras esperaba sentado en la iglesia aquel día, comprendí que tú eres uno de esos sucesos inexplicables. Supe que estábamos destinados a conocernos. Supe que no estabas destinada a casarte con Stuart. Supe que si no paraba esa boda, tú no serías feliz, y tuve la certeza de que yo nunca amaría a una mujer como te amaba a ti durante el resto de mi vida. Y, sí, por loco que parezca, creo que somos almas gemelas, Lia. Eras tú o nadie. Tengo que preguntarme si fue mi padre o Esther intentando meterme un poco de sentido común en la cabeza aquel día, antes de que fuera demasiado tarde. Puede que suene un poco descabellado también, pero no es más extraño que tener una gran epifanía sin ningún motivo solo unos minutos antes de que caminaras hacia el altar.

Mi corazón dio saltitos de alegría.

—Entonces, ¿no bromeabas cuando dijiste que me habrías sacado a rastras de la iglesia?

Él negó con la cabeza.

—Claro que no. La sensación de desastre inminente que sentí ese día no pasaría hasta que supiera que estabas fuera de peligro. No podía permitir que se celebrase esa ceremonia, aunque me odiaras después por lo que tuviera que hacer. Llámalo intuición o lo que quieras, pero era real, Lia. Dijiste que Stuart nunca te hizo daño, pero mi instinto me decía que era una amenaza para tu seguridad además de tu felicidad.

—Creo que quizás era ser ambas cosas —confesé—. Vino a la tienda a recoger su anillo y el vestido de su madre. Tuvimos una breve confrontación y le di una bofetada. Estaba tan furiosa que no pude reprimirme. Creo que lo único que impidió que me diera un puñetazo en la cara fue el hecho de que me defendí. De haber permanecido en esa relación tan indefensa como estaba, no creo que sea una exageración decir que tarde o temprano se habría vuelto violento.

—¡Por Dios, Lia! ¿Estabais solos? ¿Por qué no esperaste hasta que yo estuviera allí contigo? —preguntó Zeke con voz grave.

—Hasta aquel día, creo que no reconocí para mí misma que era capaz de hacerme daño físicamente. Para cuando se fue, ya había dado rienda suelta a mi ira y lo único en lo que podía pensar era en lo afortunada que era por no haberme casado con él. —Vacilé antes de añadir—: Creo que tuve la misma epifanía que tú en la iglesia. La misma sensación de desastre inminente. Tal vez nos diéramos cuenta a la vez de que no podía casarme con Stuart. Puede que yo sintiera tu pánico o tú el mío, aunque no estuviéramos físicamente juntos. —A veces, Zeke y yo estábamos conectados de una manera que yo no podía explicar.

Él me acarició el cabello con una mano delicada.

—No vuelvas a reunirte con ese cabrón a menos que yo esté allí. ¡Dios! Habría matado a ese imbécil a estas alturas si no supiera que terminaría en la cárcel y lejos de ti durante el resto de mi vida.

Yo me incorporé para mirarlo a la cara. La intensidad en su mirada me atravesó. Acaricié su mentón con barba de tres días con una mano reconfortante.

—No merece la pena. Para mí no es nada más que un matón. Nada de lo que hizo o dijo antes significa nada para mí. Ya se me han aclarado las ideas. Ahora sé quién soy y dónde está mi sitio exactamente.

Él apartó mi mano de su rostro, entrelazó nuestros dedos y los apoyó sobre su pecho.

—Eres mi corazón, Lia —dijo con voz grave—. Siempre lo has sido y siempre lo serás. Estoy locamente enamorado de ti, pero también formas parte de mí. Como…

—Almas gemelas —terminé yo—. Antes de que me interrumpieras iba a decir que sabía que Esther tenía razón. Encajamos, Zeke. Siempre lo hemos hecho, y tú también formas parte de mí. No eres el único que desperdició oportunidades. Yo estaba buscando algo que estuvo ahí todo el tiempo Supongo que tenía demasiado miedo para reconocerlo como tal porque me preocupaba el rechazo después de lo ocurrido cuando cumplí los veintiuno. Pero tal vez eso también estaba destinado a suceder. Ha sido mucho más difícil así, pero no habrá un día en que dé por hecho lo que tenemos. Sé lo bueno que es porque sé lo que es no tenerte.

—Necesito que sepas que, independientemente de lo que parezcan las cosas o lo obvias que resulten, nunca habrá un día en que mire a otra mujer con deseos de acostarme con ella —dijo con voz ronca.

Yo apreté su mano.

—Lo sé. Lo siento. No era por ti. Eran mis inseguridades resistentes. Supongo que a veces todo esto parece demasiado bueno para ser verdad. Cuesta creer que realmente seas mío y que es posible ser tan condenadamente feliz.

Di un gritito cuando él rodó sobre su cuerpo hasta situarse sobre mí, mi cuerpo atrapado bajo el suyo y sus ojos mirándome conmovedoramente a los míos mientras decía:

—Ve acostumbrándote, porque mi plan es hacerte lo más feliz posible durante el resto de nuestras vidas. Lo quiero todo, Lia. Quiero llevarte de vacaciones a todos los lugares del mundo que quieras visitar. Quiero estar ahí en los buenos momentos y espero poder hacer un poco mejores los malos. Y cuando estés preparada, si algún día lo estás, quiero ser tu compañero cuando tu cuerpo crezca con nuestros bebés y estar a tu lado cuando los traigas al mundo. Te prometo que siempre intentaré ser el mejor marido y padre que pueda.

El corazón me dio un vuelco o dos al pensar en tener los hijos de Zeke. Nuestros hijos.

—Todavía no he pensado en niños realmente, pero quiero que tengamos hijos algún día. Serías un padre increíble.

Él me lazó una sonrisa arrepentida.

—No hay prisa. Prefiero tenerte toda para mí solito una temporada y tenemos mucho tiempo para eso en el futuro. Pero, sí, he pensado en tener una hija con tu sonrisa de infarto y pelo rubio rizado. No cabe duda de que me tendría en la palma de su mano como tú, pero podría vivir con eso. Os tendría abastecidas de gominolas para que pudieras mantener viva la tradición.

—A mí también me encantaría tener un niño que sea igualito que tú —dije con un suspiro.

—Cariño, soy perfectamente feliz donde estamos ahora mismo. Juntos. Lo que venga dentro de unos años solo sería un bonito extra.

Yo abrí la boca para responder, pero su boca ahogó las palabras al cubrir la mía. Abrazándome a su cuello, me perdí en el beso apasionado de Zeke, olvidando todo pensamiento acerca del futuro. Quería encaramarme hasta su interior y no volver a salir nunca. Me rodeó con un amor tan completo que no podía acercarme lo suficiente.

—Zeke —jadeé cuando liberó mis labios—. Házmelo. Ahora. Ya.

Me quitó la camiseta de tirantes y, segundos después, ambos yacíamos desnudos.

—¿Sabes? Esto que haces de ponerte mandona me pone el pene tan duro que no puedo pensar —carraspeó cuando por fin nos encontramos piel con piel.

Yo envolví su cintura con las piernas.

—Te ponerte firme encantada cuando quieras —susurré contra su cuello—. Siento que nunca puedo acercarte lo suficiente a mí.

—¿Sabes por qué me excita? —inquirió.

Mi cuerpo estaba tenso de necesidad, pero pregunté:

—¿Por qué?

—Porque sé que nada romperá nunca tu bonita alma libre. Sé que vuelves a sentir autoconfianza. Y sé que me deseas… a mí, joder.

Retrocedió y me embistió con una fuerza que me hizo contener el aliento cuando llegó hasta el fondo.

—Sí —dije extasiada—. Te quiero, Zeke. Tanto que me vuelve loca.

—Yo también te quiero, nena, aunque me hagas perder la cabeza.

Entonces me fundí con él, deleitándome con cada frenética embestida de su miembro. Ahora no era el momento de nada excepto el frenesí de nuestra unión. Sentía que Zeke entraba en mi cuerpo, mi alma y mi corazón.

—Más, supliqué, las piernas estrechándose en torno a su cintura.

Él me dio más. Zeke me lo daba todo y yo me sentí precipitarme al clímax cuando me agarró el trasero mientras su miembro me daba con una urgencia placentera.

—Dios, siento que he estado esperándote toda la vida —jadeé—. A nosotros. Esto.

Zeke era mío y lo sentí con cada movimiento que hacía, cada respiración entrecortada proveniente de sus labios, cada rápido latido de su corazón. Me reivindicó como suya con una ferocidad casi animal de la que gocé. Y yo tomé lo que había deseado durante tanto tiempo. Mi cuerpo estalló finalmente cuando me estremecí durante todo el orgasmo.

—Siempre estuviste destinada a ser mía, Lia —gruñó Zeke mientras empezaba a venirse—. Siempre. Mía. Joder.

Yo me aferré a él, la respiración entrecortada cuando sus palabras empaparon mi alma.

—Y tú eres mío —ronroneé clavando mis cortas uñas en la piel de su espalda.

—¡Joder! —Zeke explotó al montarme sobre él, nuestros cuerpos aún conectados—. Vas a volverme completamente loco para cuando llegue a los cuarenta, mujer.

—¿Te quejas? —pregunté, aún intentando recobrar el aliento.

—Ni hablar —negó—. Va a ser un viaje increíble a la locura.

Yo sonreí. Era increíble que amar a Zeke pudiera hacerme sentir ligeramente vulnerable y tan poderosa a la vez. Me hacía sentir tan idiota como él, pero yo tampoco pensaba lloriquear por esas emociones embriagadoras y estimulantes. Con el corazón henchido, susurré:

—Debería haber sabido que me darías problemas en cuanto tumbaste a Bobby Turner en el suelo por intentar tocarme las tetas en tercero de secundaria.

—Nunca supe cómo se llamaba, pero odiaba al cabroncete —dijo con firmeza—. Tú solo tenías catorce años.

—Y tú eras mi héroe —le confié con una sonrisa.

—Siempre quiero ser tu héroe, Lia —dijo con sinceridad.

—Nunca dejaste de serlo para mí —respondí yo francamente—. Te quiero, Zeke, con todo mi corazón y de tantas formas que casi resulta aterrador.

—Yo te quiero igual —respondió él de inmediato—. Pero no temas, niña. Siempre lo hemos superado todo juntos y siempre lo haremos.

Le di un fuerte abrazo.

—Lo sé. —Hice una pausa antes de añadir—: Lo que acaba de pasar no era a lo que me refería exactamente cuando dije que me aseguraría de que te tomes las cosas con calma este fin de semana.

Sonreí cuando él se echó a reír, un sonido que reverberó en toda la casa, tan alto que mi corazón emprendió un galope salvaje. Hacía mucho tiempo que no oía a Zeke reírse como si fuera el hombre más feliz del mundo. Tal vez nunca lo hubiera oído. Me retorcí hasta sentarme a medias sobre él.

—Voy a hacerte muy feliz, Zeke Conner —prometí—. Al final terminaremos olvidando todos los momentos duros.

—Ya soy feliz —murmuró él—. Y en un minuto o así te daré otra cosa dura con la que lidiar si no dejas de moverte.

Yo volví a apoyar la cabeza en su pecho.

—Estás en reposo —lo amonesté.

—Estoy recuperando el vigor —argumentó él.

Yo puse los ojos en blanco.

—Y eso es importante ahora mismo porque… —Para ser sincera, yo sabía que era perfectamente capaz de ir por una segunda ronda, pero desde luego, no era necesario.

Zeke enredó una mano en mi pelo y bajó la boca a mi oído.

—Porque nada me gusta más que ver a mi preciosa mujer mirándome como si no pudiera esperar a joder conmigo. Te agradezco que te quedaras conmigo en la enfermedad, pero tu hombre vuelve al trabajo, guapa. No hay nada que vaya a hacerlo sentirse mejor que complacerte.

«¡Santo Dios!», pensé. Levanté la cabeza y me perdí en la mirada hambrienta y voraz de sus hermosos ojos azules. ¿Cómo iba a rechazar semejante oferta ninguna mujer? Viniendo de ese hombre, yo sabía que era una tentación irresistible que no podía rechazar. Haría que Zeke descansara… más tarde.

—Dale, semental —lo reté en tono provocativo.

Él me lanzó esa sonrisa endiabladamente traviesa que yo adoraba en lo más profundo, y lo hizo.

Lia

Casi cinco años después…

Me detuve en la entrada del salón, preguntándome cómo demonios iba a darle la noticia a Zeke. No es que pensara ni por un segundo que no fuera a alegrarse, pero esto cambiaría algunos de nuestros planes de vida de manera significativa. Quizás aún no hubiera asimilado la situación completamente yo misma, así que no estaba segura de qué pensar. No es que no pudiéramos ir de vacaciones por nuestro aniversario a Playa del Carmen la semana próxima como estaba planeado, pero quizás ese sería el final de nuestros días de trotamundos durante una temporada.

Zeke y yo nos habíamos asegurado de tomarnos tiempo para viajar y fuimos a todos los destinos que queríamos explorar juntos durante los cinco últimos años. Nuestro viaje de regreso a Playa por nuestro quinto aniversario era puramente sentimental, pero ambos teníamos ganas de volver al destino de nuestra luna de miel.

Dejé escapar un suave suspiro al ver a Zeke trabajando en su portátil con esa concentración que había llegado a conocer tan bien con el paso de los años. Sin embargo, era sábado, y sabía que él dejaría el trabajo en cuanto notara mi presencia. Los fines de semana eran tiempo para nosotros y nunca me había dejado olvidar que yo siempre iba primero. Era yo quien había salido de la habitación hacía una hora, así que, evidentemente, él se había mantenido ocupado trabajando en uno de sus casos altruistas.

Como prometió, había contratado nuevos abogados cuando era necesario y se dedicó a trabajar cada vez más con una organización sin ánimo de lucro para ayudar a personas condenadas injustamente. Su bufete había crecido y estaba floreciendo, pero Zeke hacía más gestión estos días. Prefería consultar con sus empleados sobre todos los casos de su empresa, pero defendía en persona aquellos donde sentía que podía marcar la diferencia, lo cual me hacía amar al hombre imposible aún más si cabe. Seguía encantándole gestionar su propia cartera de inversiones, y yo sabía que lo veía más como un reto que como una manera de hacerse más absurdamente rico de lo que ya era. Zeke había aumentado en más del triple sus activos financieros desde que nos casamos. Esperad. Corrijo. Había aumentado en más del triple nuestros activos financieros. Se enfadaba ligeramente si alguna vez me refería a cualquiera de esos activos como suyos y no nuestros.

Por supuesto, yo había tenido mi parte de éxito a lo largo de los años, así que podía decir sinceramente que había participado en nuestro éxito financiero, aunque mi papel había sido más pequeño que el de Zeke. Indulgent Brews ahora tenía una tienda en casi todas las principales ciudades de Washington y tres en Seattle. Actualmente estudiaba ampliar fuera del Estado. Quizás no fuera tan grande como algunos de los gigantes del café con raíces en Seattle, pero lo sería. Solo acababa de empezar.

A Zeke le gustaba decir que ahora era una fiera, pero nunca parecía mencionar que él había sido el pilar bajo mi fuerza y que me había apoyado a cada paso del camino. Si se me ocurría mencionarlo, él me recordaba que yo estaba ahí con él cada vez que tomaba una decisión importante, así que quizás tuviera razón. Nos apoyábamos mutuamente, pero yo seguía pensando que me beneficiaba un poco más que él porque le pedía ayuda con asuntos de negocios bastante a menudo. Sin embargo, no importaba cuánto éxito tuviéramos Zeke y yo en nuestros negocios y carreras, ninguno de los dos había perdido la noción de lo que importaba realmente: nuestra relación, nuestra vida en común y nuestro amor, que se fortalecía todos los días.

Contuve el aliento cuando él alzó la cabeza repentinamente y sus ojos azules de infarto me sostuvieron la mirada.

—Hola, guapa —dijo; se le iluminó el rostro en cuanto me vio. Cerró el portátil y lo dejó a un lado mientras preguntaba:

—¿Todo bien?

Dios, incluso tras cinco años de matrimonio, la manera en que me miraba como si fuera la mujer más importante del mundo seguía poniéndome el corazón a cien. Le lancé una sonrisa nerviosa y me senté a su lado en el sofá.

—Estoy bien.

Como tomaba la píldora y lo hacía desde mucho antes de casarnos, creí que solo estaba siendo extremadamente precavida cuando salí a hacerme un test de embarazo. No había querido decírselo a Zeke porque sabía que había muy pocas posibilidades de que estuviera embarazada. Solo quería ver los resultados para comprobar lo que ya creía cierto: que no estaba embarazada y solo tenía unas semanas de retraso; que no estaba embarazada, solo estaba un poco malhumorada últimamente; que no estaba embarazada y las náuseas que había estado experimentando se debían al estrés; que no estaba embarazada, solo estaba cansada porque trabajaba mucho.

Sí. Bueno. Resultó que me equivocaba. Estaba embarazada y ninguna justificación en el mundo haría que el resultado del test fuera distinto.

—Tengo que decirte algo, Zeke, y no estoy muy segura de cómo contártelo —dije dubitativa.

—Vale, eso no es propio de ti, Lia. Sabes que puedes contarme cualquier cosa. Me estás asustando —respondió levantando una ceja—. ¿Qué? ¿Estás bien, cariño?

—Estoy embarazada —dije a toda prisa sin poder contenerme—. Sé que no lo habíamos planeado así y que íbamos a esperar un año hasta que abriera una tienda en Portland. Esto echa a perder todo nuestro calendario y ni siquiera estoy realmente segura de cómo pudo ocurrir. Nunca he olvidado tomar la píldora. Vale, reconozco que hubo un día o dos en que estaba un poco estresada y no me la tomé por la mañana, pero me la tomé por la noche. ¿Cómo puede escapar un estúpido ovario por solo cambiar la hora del día, por Dios? O puede que sea ese pequeñísimo porcentaje de mujeres que se queda embarazada de todas maneras aunque tome la píldora…

—No hagas eso —dijo atrayéndome a su regazo—. Yo también estaba ahí cuando te quedaste embarazada y no ha sido culpa tuya. Estoy increíblemente feliz, cariño. Supongo que solo estoy… atónito.

Yo lo abracé.

—Yo también. Creía que solo tenía un retraso y que quizás estaba un poco revuelta por el estrés. He estado muy cansada últimamente, así que quería asegurarme de que no estoy embarazada, pero lo estoy. Dios, no esperaba que esto sucediera ahora mismo.

—¿De cuánto estás? —preguntó él—. ¿Es normal que estés cansada y tengas náuseas? ¿Va todo bien? ¿Estáis bien tú y el bebé?

—Dios, cuánto te quiero —dije con un gruñido.

Debería haber sabido que la primera preocupación de Zeke sería por mí y por la salud de nuestro bebé no nacido. Nuestro calendario parecía ser lo último que tenía en la cabeza, de momento. Me meció como si fuera una niña y el movimiento reconfortante me hizo sentir de maravilla.

—Los dos estamos bien, creo —le informé—. Probablemente estoy de unas seis semanas. Tuve que mirarlo en el calendario para descifrarlo.

—Tenemos que averiguar quién es el mejor obstetra de la ciudad y llevarte allí el lunes —dijo sonando firme, pero ligeramente ansioso—. Tenemos que asegurarnos de que todo está bien. ¿No tienes que tomar unas vitaminas especiales? ¿Qué demonios deberías comer estando embarazada? ¿Hay algo que pueda hacer para remediar esas malditas náuseas? Y siestas. Creo que necesitas siestas, seguro. ¡Por Dios! ¿Por qué no me busqué estas cosas antes de necesitar la maldita información? No es como si no supiera que te quedarías embarazada algún día.

Yo sonreí. Desde luego, no hacía falta que yo me pusiera nerviosa ni ansiosa. Zeke ya lo estaba lo suficiente por los dos.

—Creo que tendríamos que darnos prisa y comprar una casa para tener jardín y tenemos que preparar una habitación. ¿Vamos a averiguar si es niño o niña? No es que me importe realmente, pero estaría bien saberlo de antemano; bueno, a menos que tú quieras que sea sorpresa. A mí también me parece bien esa idea. Eres tú la que llevará a este bebé durante meses y luego lo parirá, así que es justo que tú tomes la decisión. Yo solo… me adaptaré —terminó soltando una gran bocanada perceptible.

Mi sonrisa se ensanchó cuando levanté la cabeza y vi su expresión agobiada.

—No voy a dar a luz mañana, Zeke. Tenemos unos siete meses y medio, y a este bebé no le importará si vivimos en un ático o en una casa. No necesitaremos ese jardín durante varios años. Ya lo decidiremos todo a medida que avanzamos.

Empezaba a hacerme a la idea de tener el hijo de Zeke ahora que ya no estaba conmocionada. Después de todo, no era como si no quisiera tener un bebé. Solo iba a suceder antes de lo previsto, y los calendarios pueden cambiarse fácilmente. Zeke y yo estábamos preparados para aquello, aunque mi marido pareciera sufrir un pánico momentáneo.

—¿Estás contenta, Lia? —inquirió con voz inusitadamente vulnerable—. Eso es lo único que importa realmente.

Yo asentí.

—Mucho. Puede que no sea exactamente como lo planeamos, pero para mí sigue siendo un milagro. Es nuestro bebé, Zeke. Nunca podría no estar contenta por eso. Supongo que sabemos que tampoco tendré problemas para concebir. Si ha podido pasar tomando anticonceptivos, podemos volver a hacerlo sin ellos.

Zeke y yo habíamos decidido tener al menos dos hijos, de ser posible. Él dejo de mecerse y solo me abrazó. Apoyé la cabeza sobre su hombro mientras él farfullaba:

—Yo cuidaré de ti, cariño. Nunca sientas que estás haciendo esto sola. Ya quiero a este bebé porque es nuestro. No diré que no me siento un poco aprensivo por el embarazo, pero solo porque sé que va a ser desagradable para ti. Supongo que no se me da muy bien verte incómoda ni con dolor y saber que no hay absolutamente nada que pueda hacer al respecto.

—Estoy bien —le aseguré—. El embarazo no dura siempre.

—Puede que no —musitó—. Pero quizás te lo parezca.

Apoyó una mano delicada en mi vientre, aún plano, y el corazón estuvo a punto de estallarme de felicidad. Yo apoyé la mano sobre la suya y suspiré. Tardaríamos un tiempo en acostumbrarnos al hecho de que íbamos a ser padres, pero muy pocas cosas me asustaban ya realmente. Sentía que Zeke y yo habíamos cerrado ciclos, y no había mucho que no pudiéramos manejar en el futuro siempre y cuando lo hiciéramos juntos.

—¿Tienes hambre? —preguntó con voz preocupada—. Deberías comer. Quizás ayude con las náuseas.

Yo cambié de postura sobre su regazo y me senté a horcadas sobre él.

—Ahora mismo no tengo náuseas. Solo me pasa por la mañana y he descubierto que me ayuda comer unas galletitas saladas. No tengo hambre de comida, Zeke. Lo único que necesito ahora mismo eres tú. —Mis hormonas estaban descontroladas últimamente y no me cansaba del sexo.

Él levantó una ceja.

—¿Estás segura? Quizás deberíamos hablar con el médico primero.

Yo asentí, divertida con su inseguridad, una emoción que rara vez veía en su rostro.

—Es perfectamente seguro y lo único que quiero realmente es tener sexo. Creo que estar embarazada me hace excesivamente sexual.

—Entonces soy tu hombre, cariño —me dijo con un barítono *sexy* que puso todas mis hormonas en pie y alertas—. Sin duda, no me cuesta nada encargarme de ese problemilla siempre que quieras.

—Tú eres y siempre serás mi hombre —dijo justo antes de inclinarme hacia abajo para besarlo.

Zeke Conner era mi hombre y cuando me abrazó y me sostuvo de manera protectora, recordé lo increíblemente agradecida que me sentía de que mi primera boda no se hubiera celebrado. Era mi segundo novio quien era un tesoro. Sinceramente, no era la boda en sí misma lo que importaba realmente. La felicidad trataba de casarse con el hombre adecuado.

~Fin~

Estados Unidos:
https://www.amazon.es/J.S.-Scott/e/B007YUACRA
España: https://www.amazon.es/J.S.-Scott/e/B007YUACRA

Serie de Los Hermanos Walker:

¡DESAHOGO! ~ Trace (Libro 1)
¡VIVIDOR! ~ Sebastian *(Libro 2)*
¡DAÑADO! ~ Dane (Libro 3)

Próximamente

Multimillonario Inesperado ~ Jax (Libro 16)
Entrampada (Multimillonarios por casualidad – Libro 1)